스타피시

스타피시

리사 핍스 지음
강나은 옮김

arte

"넌 ……만 하면 정말 예뻐질 거야,

……만 하면 잘생겨질 거야."

이런 말을 들어 본 적 있는 모든 이에게 바칩니다.

당신은 이미 아름답습니다.

지금도. 당신 그 자체로.

당신은 세상의 눈에 보일 자격이, 귀에 들릴 자격이,

세상의 한 공간을 차지할 자격이,

눈에 띌 자격이 있습니다.

그러니까 이 세상이 아무리 몸을 웅크리라고 강요해도,

고개를 들어요. 팔다리를 쫙 펴요!

* 스타피시 Starfish
: 별처럼 생긴 바다 생물. 우리말로는 불가사리. 이 책에서 저자는
  별처럼, 불가사리처럼 팔다리를 마음껏 펼친다는 뜻의 동사로
  사용했다. 우리가 그러기를 바라는 마음을 담아.

그 잠깐은

수영장으로 한 발 한 발 들어간다.
공기가 살을 익힐 듯 뜨거우니
목욕물처럼 미지근한 물도
시원하게 느껴진다.
발로 물을 차고, 주욱 나아간다.
팔로 물을 헤치고, 주욱 나아간다.
수영장 끝에서 끝까지
왔다 갔다 헤엄치기를
되풀이한다.
물 밑으로 내려간다.
물 위로 솟아오른다.
등을 둥글게 구부린다.
찰박. 찰박.

수영장 물속에 들어가는 순간
나는 무게가 없어진다.
한계가 없어진다.

그 잠깐은.

별명

내 이름은
엘리아나 엘리자베스 몽고메리 호프스타인.

단짝 친구 비브와
엄마 아빠는 나를
엘리, 아니면 엘이라고 부른다.

하지만 사람들 대부분은 나를
첨벙이나
고래*라고 부른다.
아니면 그 비슷한 말로.

첨벙!
수영장으로 다이빙해
모두에게 물을 튀긴 적이 있다면,
그날 생일을 맞아
고래가 그려진 수영복을 입고 있었다면,
게다가 뚱뚱한 청소년으로 자라날
뚱뚱한 어린이였다면,
누구도 그 일을 그냥 잊어 주지 않는다.

아무리 시간이 지나도.

---

* 영어에서 '고래'는 한국어의 '돼지'처럼 살찐 체형에 대한 비하를 담은 말로 자주 사용되곤 한다. - 옮긴이

8

'첨벙이'의 탄생

이제 수영장에 들어갈 땐
한 발 한 발 가만히
물결을 일으키지 않으려
조심한다.
수영장 생일 파티의 기억이
제멋대로 내 머릿속에서
되풀이되기 때문이다.

내 여섯 번째 생일이었던 그날,
나는 수영장에 일 등으로 뛰어들고 싶어서
가장자리까지 달려
공중으로 휙 뛰어오르곤
무릎을 감싸 안았다.

물을 대단하게 튀기며
빠져들었다.
기대하며 물 위로 고개를 내밀었는데,
엄청난 다이빙이었다며
다들 환호할 줄 알았는데,

환호는 없었다.

"이야, '첨벙이' 때문에 수영장에 쓰나미 일었다!"
우리 언니, 아나이스가 외쳤다.
"그러게. 수영장 물이 확 줄었어."
우리 오빠, 리엄도 맞장구쳤다.
나는 수면 아래로 내려가
물에 눈물을 흘려보냈다.

9

그날, 그 사람들 때문에 느낀 기분을,
내가 얼마나 수치스러웠고
화가 났고
슬펐는지를
모두에게 이야기하고 싶다.

하지만 나 자신을 위해
목소리를 내려고 할 때마다,
커다란 땅콩버터 덩어리처럼
목에 딱 붙은 말이
입 밖으로 나올 줄을 모른다.

설사 말한다 해도,
곧바로 이런 답이 돌아올 것이다.
"놀림받는 게 그렇게 싫으면
네가 살을 빼면 되잖아."

뚱뚱한 여자아이의 규칙

내 또래 여자아이들의 일기장은
꿈으로
자기만의 생각들로
채워진다.

내 일기장은
'뚱뚱한 여자아이가 지켜야 하는 규칙'으로
채워진다.

누구도 말로 하지는 않지만,
어기고 나면,
어긴 대가를 아프게 치르고 나면,
그제야 알게 되는 규칙들이다.

내가 여섯 살 때 배운
'뚱뚱한 여자아이의 규칙'은
수영장에 다이빙하지 않기.
물 튀기지 않기.
물결 일으키지 않기.

너는
사람들에게 보이거나 들리거나
공간을 차지하거나
눈에 띌
자격이 없다.

몸을 웅크려라.

무엇이·왜·누가·어떻게·언제

뚱뚱한 여자아이의 규칙은
맨 처음 배울 때 가장 아프다.
깜짝 놀란다.
전갈에 쏘이듯이,
영혼이 따귀를 맞듯이.

순간 뭔가 변하긴 했는데
'무엇이' 변했는지 알 수가 없어서,
그 순간을 머릿속에서 자꾸 돌려 보게 된다.
온갖 각도에서 보려고 애쓰게 된다.
이해하고 싶기 때문이다.
'왜' 그런 규칙이 있는지를
'누가' 그런 규칙을 만드는지를
'어떻게' 몸무게 하나를 가지고 남의 삶을 손가락질할 수
있는지를.

무엇보다도 너무 갑작스럽다.
이전까지는 다른 애들과 똑같이 놀고 있었는데
삶을 즐기고 있었는데
갑자기 어떤 우주의 스위치가 눌러져
나는 '그 뚱뚱한 여자애'가 되었다.
갑자기 넘어지고도
아무렇지 않은 척
균형을 잡으려 애쓰는 것 같았다.
꼬마 시절 예쁜 옷 입기 놀이를 할 때
하이힐을 신고도
똑바로 걸으려 애쓰던 것처럼.

내가 주는 선물

유치원에 다니는 통통한 여자애들을 볼 때마다 나는
시험 답안지를 미리 주듯
뚱뚱한 여자아이의 규칙들을 알려 주고 싶어진다.
미리 배우는 것이 낫지,
몸소 겪어서 알게 되면
너무 아플 테니까.

하지만 결국 난 다른 선물을 준다.
며칠
또는 몇 주
또는 몇 달 더
평범한 나날을 보내도록
그 아이를 내버려 두는 것이다.

그 아이다운 평범한 나날을 보내도록.

춤추는 배

비브 아빠가 바람을 피우는 걸 알게 된 비브 엄마는
그들 가까이에 살기 싫어
이곳 텍사스를 떠나기로 했다.
그래서 나의 단짝 친구는
인디애나주로 이사를 떠난다.

우리는 송별 파티를 했다.
우리 집 뒷마당 야외 스크린에
라틴 뮤직 페스티벌의 실시간 스트리밍 영상을 띄웠다.

비브가 벨리 댄스를 추기 시작했다.
비브 엄마는 댈러스 공공 도서관에서 사서였고,
그 도서관에서 비브는 벨리 댄스 강좌를 들었다.
나도 따라 추었다.
우리의 팔은 뱀으로 변하고
우리의 엉덩이는 8자를 그렸다.

우리 집 퍼그, 기기가
우리 주위를 빙글빙글 돌았고,
우리는 목이 터져라
밴드의 노래를 따라 부르며,
정말이지 아무것도 신경 쓰지 않고 춤을 추었다.
자기 방에서 혼자 새로운 춤을 춰 보거나
춤 동작을 직접 만들어 볼 때처럼
마음대로 몸을 흔들었다.

그러다 갑자기 깨달았다.
우리 둘만 있는 게 아니란 걸.

새로운 이웃

마구 몸을 흔들다가 눈을 떴을 때
마당 울타리 너머로 여자애의 머리가 보였다.
쑤욱
올라왔다 내려갔다.
또 쑤욱
올라왔다 내려갔다.

트램펄린을 타고선,
울타리 너머로 다 본 것이다.
미친 듯이 몸을 흔드는 내 모습을.

"뭐 하는 거야?"
나는 따졌다.
갑자기 춤을 멈추느라
휘청 쓰러질 뻔했다.

그 애 머리가 다시 솟았다.
"디아스디베르티도스음악이들리길래."
이 말을 한 단어처럼 빠르게 뱉은 그 애가
사라졌다가 또 솟아올랐다.

"그래서안볼수가없었어."
그 애는 눈 깜짝할 사이
울타리를 넘어왔고,
내 앞에 섰다.
"카탈리나 로드리게즈라고 해."

시인과 음악인

스크린 속 공연을 가리키며
카탈리나가 물었다.
"우아! 너희도 디아스 디베르티도스 좋아해?
내 플레이리스트는 이 사람 노래로 가득해."

"나도 그래."
내가 말했다.

"또 누구 음악 좋아하는데?"

"엘리한테 그런 질문 하지 마.
대답 듣다 밤샐걸."
비브가 이렇게 말하곤
못 말린다는
표정을 지었다.
그런 표정에 올림픽이 있다면
비브는 금메달감이다.

내가 말했다.
"나는 시를 써.
그래서 음악을 좋아해.
시를 노래로 부르면 노랫말이거든.
제일 좋아하는 장르는
랩이랑 컨트리 음악이야."

카탈리나도 말했다.
"나는 기타를 쳐.
음악이라면 다 좋아하는데,

라틴 음악은 사랑해."

카탈리나는 나와 비슷하다.
말을 신중하게 고른다는 점에서.
하지만 나와 다르다.
아주 날씬하니까.
카탈리나의 몸이 팬케이크라면
내 몸은 3단 케이크 같다.

'비만 혐오자 감지기'에서
지금쯤 경보음이 울려야 한다.
그런데 왜 울리지 않을까?

비만 혐오자 감지기

'비만 혐오자 감지기'란
스파이더맨의 스파이더 센서 같은
육감이다.

어째서인지 우리는 그냥 느낄 수 있다.
상처 주는 말이나 행동을
하려는 사람을
바로 알아볼 수 있다.

사람이 아주 많아도
그런 사람들은 구분이 된다.
우리를 보는 그 사람들의
불편함이
충격이
두려움이
화가 느껴진다.

혐오가 잔뜩 느껴진다.

그림자

"바일라 콘미고!"
다음 노래가 나오자
목청을 높인 카탈리나가
우리와 함께 몸을 흔들었다.

"아까 그 동작 가르쳐 줘, 엘리."
"어떤 동작?"
"네가 돌면서 한 발을 차듯이 췄잖아."

나는 시범을 보였다. 그러면서도
내 다리의 무게가,
흔들리는 내 살이
자꾸 의식됐다.
바닥에 비친 내 그림자가
카탈리나의 그림자에 비해
너무 둥그런 것도.
나는 춤을 멈추었다.

뚱뚱한 여자아이의 규칙:
몸을 천천히 움직여라.
살이 떨리지 않게.
남들의 시선이 네 몸을 향하지 않게.

하지만 시끄러운 음악 덕분일까, 아니면
셀레나 고메즈의 곡에 환호하고
정신없이 춤추는
카탈리나 덕분일까.
불편한 느낌은 이내 사라졌다.

댄스 파트너가 음식이라면
카탈리나와 나는
땅콩버터와 잼,
쿠키와 우유,
나초와 살사소스.

서로 다르지만
완벽한 한 쌍 같았다.
머리, 엉덩이, 두 손의 동작이
딱딱 맞았다.

해가 지자
여치들이 약속이라도 한 듯
자기들 노래를 불렀다.
여름밤 온도에, 아니면
셀레나의 '비디 비디 봄 봄'에
박자 맞춘 듯
빠르고도 정열적인 노래였다.

"카탈리나, 달레 라스 부에나스 노체스 이 벤 아 카사."
이렇게 외치는 여자 목소리가 들렸다.
카탈리나는 우리에게 말했다.
"가야겠다. 파티에 끼워 줘서 고마워."
울타리를 넘어 되돌아간 카탈리나는
다시 트램펄린 위에 있었다.
"어서또만났으면좋겠다."

피카소처럼

기분에 따라 색이 바뀌는 반지가 있다는데
비브의 머리카락도 기분에 따라 색이 변한다.
머리 색깔을 보면
비브의 기분을 알 수 있다.
이사를 앞두고
비브는 피카소, 그중에서도
파랑에 빠진 청색 시대의 피카소가 되었다.

비브는 아랫입술을 비죽이 내밀고
뾰로통한 표정이었다.
끄트머리가 블루베리 색으로 물든
곧은 금발의 앞머리가
씩씩 내뿜는 비브의 숨결을 따라
꼿꼿이 섰다 내려왔다.

"왜 그래?"
내가 물었다.
우린 함께 수영장에 둥둥 떠서
콘서트의 열기를 식히고 있었다.

"오늘은 우리 둘이 같이 보내는 마지막 날이고,
언제 또 볼지도 모르는데,
다른 애가 끼어든 것도 모자라
내 눈앞에서 너랑 친구가 됐잖아."

나랑 친구?
카탈리나가?
과연?

작
별
인
사

텍사스의 깊숙한 시골 밤하늘에선
커다랗게 반짝일지도 모를 별들이
우리 사는 데선
빛 공해로 흐릿하다.

"시리우스다."
나는 이곳 하늘에서도 보이는
단 하나의 별을 가리켰다.
"너답다. 역시 개의 별은 잘 아네."
"고양이의 별은 있지도 않은 거 알지?"

비브가 반박했다.
"아니, 우리 은하에는 없어도
더 진화된 다른 은하에서는
고양이가 짱일 거야.
지구를 침략해서
퍼그를 다 감옥에 넣어 버릴 거라고.
너 솔직히 우리 오레오 보고 싶을 거잖아."
비브가 단어 하나하나마다
나에게 물을 튀겼다.

나도 물을 튀기며 대꾸했다.
"너도 우리 기기 보고 싶을 거라고 인정하면."

비브의 엄마가 데리러 왔을 때
우린 약속했다.
문자로건, 영상 통화로건, 그 무엇으로건
서로 계속 연락하겠다고.

피로 맹세하자는 비브에게 나는
피 한 방울만 봐도 기절하지 않느냐고 지적했다.
그래서 대신 시시하고 흔한
새끼손가락 걸기에 만족하기로 했다.
비브가 차 문을 열려다 말고
두 팔로 나를 와락 끌어안았다.

우리는 눈물로 작별 인사를 했다.

나는 탐정

세상 모든 아이들에겐
삶이 버거울 때 탈출할 곳이
하나쯤 있어야 한다.

나한테는 뒷마당 수영장이 그런 곳이다.

오늘은 너무 오래 들어가 있어
손가락이 건포도가 되었는데도,
몇 시간은 더 헤엄치고 둥둥 떠 있기로 했다.
비브 없이 보내는 첫날을, 그리고
여름 방학의 마지막 날을 애도하면서.

"나 수영 좋아하는데.
나도 같이 수영해도 돼?"
카탈리나가 또 트램펄린을 타고 있었다.

잘 알지도 못하는 애를
나의 수영장에
받아 주어도 될까?
수영장에서 열린 여섯 살 생일 파티 이후로
그 누구와도
함께 수영하지 않았다.
비브 말고는.

아직도 알 수 없는 것.
저 아이는 왜 나와 어울리려 할까?
혹시 머리사와 코트니의 친구일까?
그 애들과 작당하여

나를 괴롭히려는 걸까?

나는 수영장에서 나와
커다란 수건을 어깨에 둘렀다.
슈퍼히어로 망토처럼.

그럼, 명탐정 슈퍼히어로가 돼 볼까.

"나도 더 수영하고 싶지만
내일 학교 갈 준비를 해야 해서 말이야."
나는 거짓말하지 않았다.

카탈리나가 울타리를 넘어와 말했다.
"나도 준비해야 하는데 계속 미루고 있어.
전학생 되기 진짜 싫다."

올가미를 휘두르는 원더우먼처럼
진실을 추적해 볼까.
"너 카이저 아카데미 중학교 다녀?"

"엘리 넌 거기 다녀?"

나는 고개를 끄덕였다.

"나도 거기로 가고 싶다.
그럼 우리 같이 다닐 수 있잖아.
나는 요셉 주교 가톨릭 중학교에 다녀."

진실을 다 캐낼 때까지
원더우먼은 포기하지 않지.
나도 마찬가지.
"나랑 같이 준비물 챙길래?"

"응. 안 물어봤으면 서운했을 거야."

새로운 시작

개학해서 그나마 좋은 점은 새 학용품이 생긴다는 것.

카탈리나와 나는 각자의 학용품을 몽땅 바닥에 쏟았다.
내 것 중에 아주 멋있는 것을
카탈리나가 빤히 보았다.
바로 깃털 달린 플라밍고 펜.
"이걸로 글씨를 쓰면 이렇게 돼."
내가 그 펜을 쥐고 종이에 선을 그리자
플라밍고가 춤을 추었다.

카탈리나는 맞교환하자며 유니콘 펜을 건넸다.
카탈리나가 톡톡 두드리자 펜에서 빛이 났다.
"침대에 누워서 쓸 때 진짜 좋아.
노래를 지을 때 좋은 아이디어는
밤에 가장 잘 떠오르거든."

"시 쓰기도 그래!
비브랑 나도 이렇게 학용품을 바꿔 쓰고 그랬어."

"나도 내 친구들이랑 그랬어.
휴스턴에 있어서 이젠 못 보지만."

카탈리나는 이 주변에 살던 아이가 아니구나.
그렇다면 머리사와 코트니를 모른다.
내가 첨벙이인 것도 알 리가 없다.
내가 카탈리나와 친구가 된다면?
쓰지 않은 공책을 펼치는 일,
백지에서 시작하는 일일 테다.

개는 좋겠다

매일 아침, 내가 기기의 밥그릇에 사료를 부으려 하면
기기는 뒷다리로 벌떡 일어서서
사료 삽을 날름거린다.
붓기 전에 꼭 먼저
한두 알을 먹고 만다.

기기는 배고픔을 숨기지 않는다.
먹을 때면
그저 즐겁다.

게 눈 감추듯 밥을 먹어 치우고는
아쉬워 그릇을 핥는다.

배가 불룩해져서는
제자리에서 세 바퀴를 돈 다음
바닥에 엎드려
아침 식탁 밑 내 발에 제 턱을 괸다.
편안하게 자리 잡고 누워
금세 코를 골기 시작한다.

기기는 둥그런 몸으로 행복하다.
만족스럽게 산다.
편안하게 산다.

아무도 둥그런 몸 때문에
기기를 괴롭히지 않는다.

기기는 좋겠다.

온 가족의 아침 식사

우리 집은 새 학기 첫날이면
아침밥과 저녁밥을
온 가족이 함께 먹는다.

꼭 그래야 한다.

"자, 다 됐다."
아빠가 우리 접시에
오믈렛과 토스트를 담아 주었다.

"여보, 우리 얘기했잖아.
달걀흰자 부침이나 오트밀만 먹이기로."
엄마가 아빠에게 복화술로 따졌다.
가짜 미소를 지으며.

나는 올해 고등학교 2학년이 되는 오빠에게
내 오믈렛과 토스트를 줘 버리고,
냉장고로 향했다.
그러고는 아직 내 몸을 무지방으로 만들지 못한
무지방 요구르트를 꺼냈다.

냉장고 자석 밑에
새로운 기사가 끼워져 있었다.
'유제품이 살 빼는 데 도움이 된다.'
그 밑에는 다른 기사들도 많다.
엄마는 열성적으로 살 빼기 기사들을 붙여 둔다.
내가 보라고.
엄마는 작가이자 잡지 편집자이지만

글을 쓰는 이유가 나와 다르다.

나는 이야기꾼이 될 것이다.
그리고 시인이 될 것이다.
내 글을 통해 사람들이
다른 사람의 관점에서 살아 보고
느껴 볼 수 있게.

엄마는 기자가 되었다.
세상의 모든 잘못을 열심히 지적하고
모든 이의 단점에 주목하기 위해.
자기 때문에
남이 괴로울 수 있다는 건
신경도 쓰지 않고.

기억이나 할까?

새 옷을 입은 오빠와 언니를
아빠가 문득 쳐다보았다.
나는 헌 셔츠를 입고 있었다.
조금이라도 길이를 늘이려고
아랫단을 잡아당기며.

아빠가 엄마에게 물었다.
"엘리는 새 옷 없어?"

"쟤는 이번 여름에 살이 더 쪘어.
우리가 자꾸 더 큰 옷을 사 주면
마음 놓고 살을 더 찌울 거야."

엄마가 보기에
지금의 내 모습도 끔찍하다면
맞는 옷이 없어 발가벗은 내 모습은 어떨까?

아침밥을 먹어 치운 오빠가 외쳤다.
"나 나가요."
뒷문이 쾅 닫히더니 이내
동네방네 자랑하듯 요란한 타이어 소리와 함께
빨간 머스탱이 출발했다.
열여덟 살이 되더니 뭐라도 된 줄 안다.

고3이 되는 언니는 집을 나서며,
어깨 너머로 나에게 외쳤다.
"6학년 돼서 좋겠네 첨벙아."
상어한테 물린 사람더러

'공짜로 지방 제거 받아서 좋겠네.'
하는 것도 아니고, 참.

언니는 기억이나 할까?
모두가 나를 첨벙이라 부르는 게
자기 때문인 것을.
어느 날의
어느 한마디 때문에
내 세상이 바뀌어 버린 것을.

시소를 타며 살다

엄마 아빠와 함께 산다는 건
끝없이 시소를 타는 일과 같다.

아빠가 맘껏 쇼핑을 시켜 주겠다고 했다.
나는 위로 쑤욱 올라갔다.

엄마가 말했다.
"쟤한테 맞는 옷을 찾을 수 있으려나."
나는 아래로 쑤욱 내려갔다.

"당신 없이도 잘할 테니 걱정 마."
다시 위로 쑤욱 올라갔다.

엄마가 서류 가방과 핸드백, 열쇠를 들고 말했다.
"엘 데리고 정신과에 가는 거나 잊지 마.
오늘 첫 상담 날이니까."

나는 내려갔다.
빠르게.
쿵.
갑자기 시소에서 내린
반대쪽 사람 때문에
바닥에 엉덩방아를 찧은 것처럼.
"뭐? 방금 뭐라고 했어?"

현관문 손잡이를 잡은 엄마가
어깨가 처진 채로 말했다.
"당신이 얘기한다며."

엄마는 아빠에게 눈빛으로 독침을 쏘았다.

아빠는 귀찮은 파리를 쫓듯 엄마를 보냈다.
"어서 가. 내가 알아서 할게."

배신자

아빠가 냉장고의 살 빼기 기사들을
몽땅 떼어
쓰레기통에 버렸다.
"진작 얘기 못 해서 미안하다, 엘."
요즘 너무 바빠서
정신과에 가자고
이야기할 겨를이 없었다나 뭐라나.
그래 놓고 나한테는
이야기를 하는 게 중요하다나 뭐라나.

부모들은 자기가 하는 말이 들리지 않을까?

"아빠, 내가 무슨 이야기를 더해?
아빠가 정신과 의사잖아.
난 아빠하고 늘 이야기하잖아."

아빠가 내 옆의 의자를 거꾸로 당겨 앉았다.
"나한테 이야기하는 것하고는 달라.
우드 선생님께 가서 상담받아 보자.
엄마 아빠는 그러는 게 좋겠다고 생각해."
그 말인즉슨
엄마가 그러자고 고집했고, 아빠가 따랐다는 뜻이다.

"배신자!"
나는 방울뱀처럼 쏘아붙였다.
아빠만큼은 내 편인 줄 알았는데.

그나마 나은 악마

나는 버스 대신 아빠 차를 타고 등교했다.
마지막 모퉁이를 돌아 학교가 보이자
내 위장이 재주넘기를 했다.
내 몸에서 체조를 할 줄 아는 딱 한 곳.

나는 비브에게 문자를 보냈다.
비브가 필요했다.
가족끼리 아침 식사를 한 후라 더더욱.

나 혼자서 학교 못 다닐 것 같아.
미치겠다고.

마음을 편히 먹으려고 노력해 봐.

노력하고 있지. 그래도…… 으으.
나는 비브에게 연이어 이모티콘을 보냈다.
찡그린 얼굴.
걱정되는 얼굴.
슬픈 얼굴.

알지.
비브는 포옹하는 이모티콘을 보냈다.
그래도 나보다는 낫잖아.
나는 완전히 새로운 학교에 다녀야 한다고.
모르는 악마보다
아는 악마가 그나마 나아.

그렇지. 그래도 둘 다 악마잖아.

지옥

"댈러스에 즐거운 월요일이 돌아왔네요!"
라디오 디제이가 요란하게 외칠 때
아빠가 학교 앞에 차를 세웠다.
"오늘은 섭씨 43도까지 오른다고 해요!
수영장에서 보내면 딱 좋겠어요."

네, 그럴 수만 있다면 얼마나 좋을까요.

"자, 엘리. 좋은 하루……."
나는 아빠 말이 끝나기도 전에
차 문을 쾅 닫았다.

아빠 차가 출발하는데
누군가의 노랫소리가 들렸다.
"새끼 고래 등교하셨네."
돌아보지 않아도 알 수 있었다.
머리사인 것을.

자, 이렇게 또 시작이다.

키득거리는 웃음,
대놓고 쳐다보는 눈빛,
소외.

아는 악마들이 다가온다.

코트니가 문을 잡고 있다가
내가 다가서자 놓아 버렸다.

문이 쾅 닫히며 내 얼굴에 부딪힐 뻔했다.
"앗, 실수!"
코트니가 외쳤다.

텍사스의 불타는 해가 있건 없건
학교는 내게
지옥이다.

학교의 허세

불어 시간에 동사 활용을 연습하다가
새 학교에 있을 비브가 떠올랐다.
새 친구를 사귀는 비브를
상상하기조차 싫은 나 자신이 한심했다.

그래서 스스로를 벌주려고
'구리다(puer)'라는 단어를 골라 동사 활용을 연습했다.
'나는 구리다(Je pue).'
'그들은 구리다(Ils/Elles puent).'

점심시간을 알리는 종이 울렸다.
'카이저 카페'의 '셰프', 브리짓 아주머니 덕분에
메뉴에는 늘 고급 음식이 포함되어 있다.
납작한 빵으로 만든 아티초크 피자라거나,
모로코의 고수 소스를 바른 채식 햄버거라거나.

꼭 '셰프'라고 해야 하느냐고? 그럼 그럼.
급식 조리사라는 말로는 충분하지 않거든.
카이저 카페 대신 급식소라고 하는 건?
메 농(Mais non : 절대 안 되지)!
고상한 이 사립 학교는 모든 것에 불어로 이름을 붙였다.
근사하게 들리라고.

하지만 있는 그대로 표현해 보면 어떨까?
학교 점심시간이란
강한 애들이 약한 애들을 잡아먹는 시간이다.

보나페티(Bon appétit : 잘 먹겠습니다).

구리다

복도를 내다보는 나는
생존 경기 참가자다.
오직 살아서 나가기만을 바랄 뿐이다.

복도를 차지한 존재들은
겉으론 학생들처럼 보이지만, 사실
날카로운 이빨을 지닌 피라냐와
무시무시한 발톱을 지닌 울버린,
고음으로 낄낄 웃는 하이에나가 한 몸에 합쳐진
돌연변이들이다.

나는 어서 탈출하고 싶어 하고,
이들은 어서 웃음을 터뜨리고 싶어 한다.
나갈 수 있는 유일한 방법은
한가운데를 통과하는 것뿐이다.

"물러서! 공간을 넓히라고! 고래가 지나간다!"
한 남자애가 숨을 흡 들이마시며 배를 집어넣고는
복도 벽에 등을 붙였다.
내 살덩이로 복도가 꽉 찰 테니
피해야 한다는 듯.
비브와 나는 그 애를
적 3호라고 불렀다.
적 1호인 머리사,
적 2호인 코트니의 다음 순위.

복도의 아이들이
양쪽 벽에 착착 몸을 붙이며

바다처럼 갈라졌다.

내겐 매일 일어나 온 일이다.

1학년 때부터 매일.

구리다(Il puent).

아이들을 지키는 사서 선생님

나는 안전지대인 도서관으로 왔다.
혼자서 감히 학교 식당에 가지 못한다.
배고픈 상어들에게 둘러싸인 고래가 될 테니.
함께할 비브가 있을 때조차 힘들었으니.

"여름 방학 때 무슨 책 읽었어, 엘?"
사서 선생님이 물었다.

나는 요즘 제일 좋아하는
운문 소설들을 읊었다.

선생님의 캐나다 억양이 짙었다.
"이야, 멋진데. 제일 좋아하는 작품들이 시라니."
선생님이 책 한 권을 스캐너로 찍었다.
책등에서 딱 소리가 나고
비닐로 된 책 포장지가 바스락거렸다.

나는 그 속의 글자들을 어서 삼키고파
책 냄새를 들이쉬었다.

"네가 이 책 좋아할 것 같아.
추천해 주고 싶어서
너 언제 오나 했다."

사서 선생님은
오늘 처음으로 내게 미소를 지어 준 사람이다.
처음으로 내가
환영받고

이해받는다고
느끼게 해 준 사람.
나는 깜박깜박 눈물을 참았다.
점심시간에 사서 선생님들이
외로운 아이를 반갑게 맞이하여 구해 낸
목숨의 수는
아직 정확히 집계되지 않았다.

웃그림

문을 열고 들어가자 풍경이 딸랑딸랑 울렸다.
인형의 집처럼 작은 이 병원은
원래 가정집이었던 모양.
거실은 대기실로,
창이 커다란 방은 상담실로 바뀐 것 같다.
내 삶은 악몽으로 바뀌었으니
이곳과 잘 어울리겠다.

그릇이 달그락거리는 소리와 함께
누군가가 외쳤다.
"엘리, 상담실에 먼저 가 있어.
나도 금방 갈게!"

"우드 선생님이셔."
대기실 의자에 앉은 아빠가
카우보이모자를 벗었다.
아빠는 목장을 떠났지만
목장은 아빠 맘을 떠나지 않았다.
"너도 선생님을 좋아하게 될 거야."
아빠가 윙크하며
한쪽 입꼬리를 끌어올려
'딱딱' 소리를 냈다.
나는 이걸
'카우보이 매력 발산'이라 부른다.

"아빠 한번 믿어 보라니까."

"이젠 아빠 안 믿어."

44

나는 맹독이 뚝뚝 떨어지는 목소리로 말했다.
그리고 표정으로도 마음을 표현했다.
과장된 '웃음'을 짓는 듯하다가 스윽 찡그림.
이걸 우린
'웃그림'이라 부른다.

내가 특허를 낸 표정이다.

힘겨루기

나는 의사에게
지지 않고 맞서 보기로 했다.

상담실로 들어온 의사는
당황스럽고 곤란하게도
내가 자기 자리에 앉아 있는 것을,
내가 자기 힘을 조금 빼앗아 간 것을
발견했다.

의사는 못마땅한 표정을 지었다.
"흐음."
그러다 결국 소파에 앉았다.
"무슨 일로 여기 왔는지 말해 볼래, 엘리?"

이 여자 의사는 깡말랐다.
적어도 나를 이해할지도 모를
뚱뚱한 상담사를 찾아 줄 순 없었을까?

나는 가슴 앞에 팔짱을 꼈다.
'당신하고 할 말 없음'이라는 뜻의
만국 공용 몸짓.
여기 오는 건 내가 결정할 수 없었지만
말을 하고 말고는,
하면 언제 할 건지는 내 맘이다.

"상담을 한다는 건 말야,
말할 사람이 생기는 거야.
삶에 어떤 일이 일어나고 있는지,

그래서 기분은 어떤지
정리해 볼 수 있는 거야.
그 상황을 바꿀 방법이 있는지,
아니면 좀 더 마음 편해질 방법이 있는지
찾아보는 거야.
그러니까 부끄러워할 것도 없고
겁낼 것도 없어."
우드 박사가 두 눈썹을 올리니
이마에 구불구불한 주름이 졌다.

어차피 이걸로 돈 받는 사람이니까
나는 건방을 떨어 보기로 했다.
"알죠.
우리 아빠도 정신과 의사예요.
모르셨어요?"

어이없다는 표정을 지었다.
내가.
그리고 이 사람이.

"오늘은 이야기할 기분이 아니란 거지?
좋아, 그럼."
의사는 약속된 시간이 끝날 때까지
메모지에 무언가를 적었다.
한 글자 한 글자 적을 때마다
빼앗긴 자기 힘을 되찾아 갔다.

엄마 아빠에게도 이 사람에게 했듯이

거침없이 말할 수 있다면,
내 진짜 생각을 말할 수 있다면 좋을 것이다.
특히 엄마에게.
하지만 나는 엄마의 반응을 두려워하는 것 같다.
내가 말없이 참기만 하는 지금도
엄마는 내 삶을 힘들게 하니까.

왜 아이는
어른이 틀렸을 때 틀렸다고 말하면 안 될까.

어른이라고
다 아는 게 아닌데.

가끔 보면
아는 것이라고는
없는 것 같은데.

마침내 고를 수 있다

"너 상담받는 동안
조이 이모랑 문자를 했는데,
체형이 큰 아이들을 위한
옷 가게가 하나 생겼대."

"뭐래."

나같이 뚱뚱한 사람들은
옷 사러 가는 일이 즐겁지 않다.
나는 그저
또래들이 입는 옷,
튀지 않는 옷이면 된다.
존재만으로도 이미 튀니까.
하지만 내게 맞는 사이즈의 옷이 별로 없다.

그래도 아빠와 옷을 살 때가
엄마와 살 때보다 훨씬 낫다.
엄마는 딱 봐도 내게 안 맞을 옷을
굳이 입어 보게 하고는
그것 보라며
다이어트를 계속해야 하지 않겠느냐며
이렇게 말한다.
"넌 정말 예쁠 거야……."
─세상 모든 살찐 여자애들은 이다음 말을 안다─
"살만 빼면."

옷 가게의 주인이
자기를 다이애나라고 소개하며

우릴 맞이했다.
"난 저기서 책 읽고 있을게."
늘 책을 가지고 다니는 아빠가
소파가 있는 곳을 가리키며 말했다.
"세 가지 규칙만 지켜.
하나, 즐긴다.
둘, 몇 벌을 사든 상관없다.
셋, 시간 많으니까 느긋하게 고른다."

내 눈을 사로잡는 옷이 있었다.
청록색 꽃 자수가 놓인
주황색 시골풍 블라우스.
내가 좋아하는 색이 둘 다 들어가 있다.

내겐 너무 작을 줄 알았는데,
확인해 보니 내게 맞는 사이즈였다.
이 가게의 옷은 몽땅
내게 맞는 사이즈가 있었다!
처음이다.
이렇게 마음에 드는 옷이 많은 데서
내 옷을 고를 수 있는 것은.

이런 옷 가게는 처음 봤다.
여긴 마네킹까지 나와 몸이 비슷하다.

나는 초콜릿 공장에 들어선 찰리다.

예쁘겠다

"여기 너무 좋아요.
어디서부터 구경해야 할지 모르겠어요!"
다이애나에게 말했다.

"고마워.
난 네 나이 때부터
이런 가게를 여는 게 꿈이었어."
셔츠와 청바지를 살펴보는 내 옆에서
다이애나는 진열장에 몸을 기대었다.
"너는 좋겠다.
요즘은 플러스 사이즈 옷을 구하기가
예전보다 쉬우니까 말이야.
내가 어릴 땐
'재프티크' 애들이 입을 수 있는 옷은
다 끔찍했어."
기억만으로도 숨 막힌다는 듯
다이애나는 목을 감싸 쥐는 척했다.

재프티크란
보기 좋게 통통하다는 뜻.
이디시어에서 왔다.

할머니가 늘 이디시어를 썼기에
나도 그 단어를 안다.

반면 엄마의 사전에는
살찐 사람에 대한 긍정적인 말이 없고
앞으로도 없을 것이다.

"그래서 엄마가 옷 짓는 법을 배우셨어.
내 몸에 맞는 옷본을 만들어
옷을 지어 주신 거야."

나는 다이애나가 부러워서
가슴이 조금 아팠다.
우리를 세상에 맞추려는 게 아니라
세상을 우리에게 맞춰 주는 사람이,
우리를 받아들여 주는 사람이
엄마라니.

나는 기회가 있을 때마다
다이애나를 쳐다보았다.
다이애나는 좀 달랐다.
어깨가 드러나는 셔츠에 짧은 치마를 입고
둥근 몸을 당당히 드러내고 있었다.
최대한 감추려고만 하는 나와 달리.

밝은 노란색을 입고 있었다.
무조건 어두운색을 입는 나와 달리.

당당히 시선을 맞추고,
고개를 똑바로 든 채
자신감 있게 걸었다.
바닥만 보며 걷는 나와 달리.

다이애나처럼 되고 싶다.
나 그대로 자유로워지고 싶다.

재프티크 아이가 되고 싶다.

옷을 고르다 보니
문어라도 되었으면 했다.
사고 싶은 옷을
두 팔론 다 품을 수가 없어서.

처음이었다.
옷 가게에서 옷을 고르면서

내가 입으면 예쁘겠다는 생각이 든 것은.

나는 불가사리

다이애나의 가게에서
집으로 돌아온 나는
새로운 시도를 해 보기로 했다.

수영장은 지금까지 탈출구였다.
몸무게 이야기만 하는 세상에서
몸의 무게를 잊을 수 있는 곳.
나는 아침마다 수영장에 들어갔다.
물속 그 느낌, 그 기분을
하루 내내 간직해 보려고.
하지만 학교가 끝날 때쯤이면 늘
내 몸의 무게가 고스란히 느껴졌다.
아이들의 말과 장난이 심어 준 수치심의 무게까지 함께.
그걸 씻어 내려 다시
수영장에 들어갔다.

이젠 수영장이 그 이상의 장소였으면 좋겠다.
여기로 벗어나기만 하는 게 아니라
여기서 나를 표현하고 싶다.

물에 몸을 띄워
두 팔
두 다리를
불가사리처럼
쭉 뻗어 본다.
웅크리지 않고
마음껏
공간을 차지해 본다.

적이 아니라 친구

나와 영상 통화를 하는 비브 곁에
상자가 한가득 보였다.
"돌아오려고 짐 싸는 거야?
아무래도 여기서 살아야겠지?"

"아직 짐을 다 못 풀었어."

비브가 전학 간 공립 학교는
우리 학교보다 살찐 사람이 많아서
마음이 편하다고 한다.
좋은 소식이다.

나의 오늘은 어땠느냐는 비브의 질문에,
아이들의 괴롭힘과
정신과 상담 이야기를 털어놓았다.

"헐, 말도 안 돼!"
"뭐가 헐, 말도 안 되는데?"
비브 엄마의 목소리였다.
아주머니는 노트북 위로 허리를 숙여,
거꾸로 보이는 얼굴로 내게 인사했다.

비브에게 상황을 전해 들은 아주머니는 말했다.
"너희 엄마가 네 몸무게에 집착한다고 해서
너도 그럴 필요는 없어, 엘리."

"우리 대화인데
엄마가 너무 끼어드는 거 아냐?"

비브가 장난스럽게 엄마를 밀어냈다.

비브는 엄마와 절친한 친구 같다.
나와 엄마처럼 적이 아니라.

엄마를 내보낸 뒤 비브가 말했다.
"그런데 진짜, 다들 왜 그렇게 우릴 못살게 굴까?"

"몰랐어? 다들 '그냥 농담'하는 것뿐이잖아."

"농담이면 웃겨야지.
집에 가서 펑펑 울고 싶어지면
그게 무슨 농담이야.
이휴, 우리가 뭘 어쩌겠어?"

"우리, 그런 사람들을 다 깔고 앉아 버릴까?"

내 힘 빠진 농담에
비브가 깔깔 웃다가 결국 눈물을 흘렸다.

나도 그랬다.
우리의 눈물은
웃다가 흐른 것이 아니었다.

입맛이 없어

저녁 식탁에서 나는
입맛을 돋우는 전채 요리다.

"정신과 상담은 어땠어?"
내가 스테이크 한 조각을 입에 넣기도 전에
엄마가 물었다.

"대실패죠, 뭐. 그대로 뚱뚱하잖아요."
오빠가 말했다.

"그만해라."
아빠가 오빠를 나무랐다.
다만 그러기 전에
한 박자 뜸을 들였다.
언제나 그랬듯 엄마에게 먼저 기회를 준 것이다.
내 편이 되어 줄 기회.
하지만 엄마는 한 번도 그 기회를 잡지 않았다.

언니의 표정이 눈에 들어왔다.
오빠를 흘깃 보고는
'한심한 놈'이라고 생각하는 얼굴이었다.

여느 때와 달라 반가웠다.
보통 언니는 오빠 편에서 같이 웃었으니까.
하지만 요즘 들어선
오빠에게 짜증이 나는 듯했다.

할 말을 참듯이

음식보다 입술을 더 잘근거리던 엄마가
결국 입을 열었다.

"그래도 상담 한번 잘 받아 봐, 엘리."
엄마의 포크에서 케일이 달랑거렸다.

나는 고개를 끄덕였다.

엄마가 또 입술을 깨물었다가 덧붙였다.
"만약 상담도 효과가 없으면,
그때는 아무래도
ㅅ…… 새로운 방법이 필요하니까, 응?"

엄마가 히려던 말은 다른 말이었다.
시옷으로 시작하는 다른 말.
수술.
비만 수술.

내 입 속 스테이크 조각이
아무리 씹고 씹어도
자꾸 커지기만 하는 것 같아,
몰래 냅킨에 뱉었다.

입맛이 없어졌다.

아빠가 그립다

곁에 있는 사람도
그리워질 수 있다.

밖에는 폭풍이 몰아쳤고
나는 지루했다.
집 안을 통통 튀어 다니다 보니
상담실 소파에 앉아 있는
아빠가 보였다.

아빠가 나를 배신하지만 않았더라면,
정신과에 보내라는 엄마의 말을
따르지만 않았더라면,
지금 난 아빠에게
주사위 놀이를 하자고 했을 거다.

살금살금 내 방을 향해서,
아빠를 피해서 뒷걸음질을 쳤다.
하지만 발밑의 마루가 끼익
내가 있는 것을 일러바쳤다.

"날 영원히 피해 다닐 순 없다."

아빠의 목소리가 나자
기기가 아빠 무릎으로 뛰어 올라가
배를 문질러 달라고 몸을 뒤집었다.
기기는 아빠를 용서한 것이다.

기기가 나보다 마음이 넓다.

이야기할 사람

아빠가 먼저 이야기를 꺼냈다.
"아직 나한테 화났구나."

"엄마가 정신과 보내자고 했을 때
왜 말리지 않았어?"

"정신과 상담은 아빠가 제안한 거야."

"뭐? 어떻게 그럴 수가 있어?
아빠는 내 편인 줄 알았어!
믿어도 되는 줄 알았어!
나를 사랑하는 줄 알았다고!"

"앉아서 아빠 얘기 끝까지 들어."
"아니, 그래도―"
아빠가 소파를 가리켰다.
"앉으라고 했지."

나는 풀썩 앉았다.
무언가가 잘못된 것을 느낀 기기가
아빠에게 콧방귀를 뀌고는
내 곁으로 와서 몸을 기대었다.

기기만은 아직 내 편이었다.

"네 엄마가 전부터 너를 수술시키자고 하는데,
아빠는 네가 너무 어리다고 생각해.
그래서 정신과 상담을 고집한 거야.

사람들이 하는 말, 하는 행동 때문에
네가 상처받는 게 보이니까."

내 눈에 눈물이 차올랐다.
아빠는 알아챈 것이다.
나를 걱정한 것이다.
왜 엄마는 그러지 않을까?

"아빠가 가슴이 너무 아프다, 엘리.
네가 그런 마음을
다 털어놓을 사람이 있으면
좋겠다고 생각했어."

"그런데 내가 상담을 받아도 살이 안 빠지면 그땐─"

"수술은 안 해.
아빠가 약속해.
거짓말이면 손에 장을 지진다, 인마."

엄마가 '수술'이라는 말을 처음 꺼낸 뒤로
두려움으로 부푼 풍선들이
내 허파에 가득 들어차
아무리 노력해도
숨을 충분히 들이마실 수 없는 것 같았다.
아빠의 약속에
그 풍선들이 터졌다.

다시 숨을 쉴 수 있게 되었다.

어디가 잘못됐나요

잠을 자고 싶었는데,
머릿속이 꼭 멈춰 버린 컴퓨터 화면 같았다.
도통 종료되지 않았다.

외할머니가 들려준 이야기가 떠올랐다
내가 태어나던 날 밤의 이야기.

나를 임신했을 때, 엄마는
무언가 잘못되었다는 예감에 사로잡혔다고 한다.
그래서 갓 태어난 나를 품에 안기자
엄마는 나를 꼭 안아 주는 대신
세상에 온 것을 환영하는 대신
자꾸 물었다고 한다.
"얘 어디기 잘못됐어요?
분명 문제가 있잖아요!
뭔데요? 그냥 말해 줘요!"

지금도 크게 다르지 않다.
편집자인 엄마는
빨간 펜을 들고서
원고를 더 명료하게, 군더더기 없게 고친다.
글이 마음에 안 드는데
고친다고 될 것 같지도 않으면,
가망이 없다 싶으면,
엄마는 그 위에 커다랗게 엑스를 그린다.

내가 만약 글이었다면
엄마는 내게 커다란 엑스 표를 쳤을 것이다.

적응하기 힘들다

"학교는 어땠어?"
어깨에 기타를 둘러메고 울타리를 넘으면서
카탈리나가 물었다.

나는 무거운 한숨을 내쉬었다.
모터보트처럼
입술이 부르르 떨리는 한숨이었다.

"으아, 그 정도야?"

"넌?"

"전학생이잖아.
적응하기 쉽지 않아."

"그렇겠네.
뚱뚱한 애도
적응하기 쉽지 않아."

"뭐, 그래도 나한테는 네가 있고
너한테는 내가 있잖아.
그것만으로도 훨씬 낫지."

그리고 우린 아무 말도 하지 않았지만
서로를 이해했다.

친구는 말없이 하는 말을 알아듣는 법이다.

카탈리나가
부드럽게 기타를 연주하고,
나는 다이어리에
글을 썼다.

몰래 놀자

가족들 모두가 피아노를 칠 줄 안다.
나만 빼고.
몇 년 전 나는 엄마에게
크리스마스 선물로
피아노 수업을 받고 싶다고 했다.

피아노 앞에 앉은 엄마를 본 내가
곁에 앉은 것이 기억난다.
부드럽고 반짝이는 건반 위에
내 손가락을 슬쩍 올려 보았던 것도.

"정말 배우고 싶어?"
"너무너무 배우고 싶어."
"배우게 해 줄게."
엄마는 일어서서 피아노 뚜껑을 탁 닫고 덧붙였다.
"네가 살만 빼면."

이제 나는
원하는 것을 엄마에게 말하지 않는다.
엄마는 내가 그것을 갖지 못하게 할 테니까.
살 뺄 동기를 부여하는 척하지만,
실은 뚱뚱하다는 이유로 나를 벌주는 것이다.

나는 엄마를 통해 알게 된
뚱뚱한 여자아이의 규칙 또 하나를
다이어리에 적어 넣었다.
'뚱뚱하면
가질 수 없는 것들이 있다.'

하지만 엄마가 모르는 건
내가 피아노로 칠 수 있는 곡이
몇 개 있다는 것.
외할머니에게서 배웠다.
"몰래 놀자."
내가 놀러 가면 외할머니는 이렇게 말하곤 했다.
엄마라면 허락하지 않는 일들을
하자는 뜻으로.

비틀스의
'올 유 니드 이즈 러브(All You Need Is Love)'를 가르쳐 주며
내 손가락 위치를 잡아 주던
할머니의 주름진 손가락이 기억난다.
느릿느릿하게 뚱땅기린
그 노래의 박자는
명랑하고 재미있고,
단순한 행복이 가득했다.
우리가 노래하고 연주하며 느낀
즐거움도 꼭 그랬다.

피아노 수업이 끝나면
할머니는 이렇게 말하곤 했다.
"남들이 뭐라 하건,
너를 너답게 하는 것들을 사랑하도록 해, 엘리."

다이어리를 다 쓰고 고개를 드니
카탈리나가 기타로
자작곡 끝부분을 치고 있었다.

"뭐 차가운 것 좀 마실래?"
나는 물었다.

"좋지, 더운 날씨에
시원한 음료수 한 잔."

둘이 춤을 추면서 부엌으로 가는데
할머니의 말이 머릿속에서 울렸다.
노래처럼 맴돌았다.

'남들이 뭐라 하건
너를 너답게 하는 것들을 사랑하도록 해.'

식량 재고 조사

기기는 물그릇의 물을
찹찹 마셨고,
나는 카탈리나와 내가 마실
아이스티를 따랐다.

배가 꼬르륵거렸다.
스트링치즈나 셀러리 같은 걸 먹고 싶었지만
몸에 좋은 간식을 먹는 것도
뚱뚱한 여자애한테는
범죄다.

나는 카탈리나에게 아무 간식도 내오지 않았다.
예의가 아닌 것 같았지만,
내가 먹었다고 짐작하고 화를 낼
엄마 때문에.

엄마는 상습범을 밀착 수사하는 형사처럼
쓰레기통을 열어
내가 식단을 어긴 증거가 없는지 확인한다.
봉지가 있는지,
껍질이나 상자가 있는지.

엄마는 부엌에 있는 식품의 수량도
꼼꼼히 파악한다.
나는 몇 년 전 그걸 처음 알게 됐다.
엄마가 흥분해서 내 방으로 쳐들어왔을 때.
"엄마가 간식 먹지 말라고 했지.
그런데 크래커를 왜 먹었어.

몇 개만 먹어도 나쁜데 반 통씩이나?
크래커를 그렇게 많이 먹을 이유가 뭐가 있어!"

그때도 입 속의 크래커를 우물거리고 있던 나에게
엄마는 쓰레기통을 집어 들고 말했다.
"뱉어! 당장!"
소금기 때문에 뻑뻑해진 크래커는
도무지 뱉어지지 않았다.

"아빠, 아빠! 좀 와 봐요!"
오빠와 함께 이 광경을 보던 언니가 외쳤다.
아빠가 내 방에 왔을 때
엄마는 내 입을 억지로 벌리고 있었다.
내가 독극물을 삼키기라도 한 듯
크래커를 부스러기 하나까지
빼내려 하고 있었다.

그 일로 엄마 아빠는
아주 크게 다투었다.

그날 밤, 오빠가 방문 밑으로 쪽지를 밀어 넣었다.
"엄마 아빠 이혼하면
다 네 탓인 줄 알아.
그깟 크래커가 그렇게 처먹고 싶었냐."

그 뒤로 다시는 크래커를 먹지 않았다.

평화 유지 임무

주말이 오면 나는
사당에도 가고 교회에도 간다.
아빠를 따라 유대교인이기도,
엄마를 따라 기독교인이기도 해서다.

엄마, 아빠는 우리가 어릴 때
두 종교를 모두 가르쳐 준 다음
우리가 준비되었을 때
자기 종교를 직접 선택하게 했다.

언니와 오빠는 유대교를 택했다.
하지만 나는 두 종교를 다 택했다.
나 스스로에게 맡긴 '평화 유지 임무'였다.
그렇지 않아도 내가 엄마 아빠 사이에
고래만 한 크기의
균열을 일으키고 있었으니까.

비밀 식량

솜 인형의 뜯어진 옆구리.
안 쓰는 배낭 속 주머니.
속을 파낸 책.
내 비밀 식량 저장고는
이곳들 말고도 많다.

몇 년 전, 엄마가 정해 준 식단을 지키다가
너무 배가 고플 때 일어난 일이다.
꼬르륵 소리가 요란하고
두 손이 떨리고
방이 뱅글뱅글 도는 것 같았다.
몸이 먹을 걸 달라고 아우성쳤다.

그날 비브는 저도 모르게
내 목숨을 구했다.
자기 집에서 하룻밤 자며 놀자고 했기 때문이다.
비브 엄마가 쿠키를 구워 주자
나는 몇 개는 먹어 치우고
세 개는 몰래 챙겨 왔다.

집에 도착한 뒤
낡은 곰 인형의 바느질을 뜯어서
그 속에 쿠키를 숨겼다.

그 일이 있은 뒤,
나는 기회만 있으면
다람쥐처럼 식량을 저장한다.

그렇게 하면
강해진 기분과 무력해진 기분,
자유로워진 기분과 옴짝달싹 못 하는 기분이
동시에 든다.

줄다리기

체육 시간 팀을 가를 때
누가 나를 일찍부터 자기 팀으로 뽑아 간다면
꿍꿍이가 있는 것이다.

오늘의 시합은 줄다리기다.

"주변에 돼지가 있는 게
도움이 될 때도 있네."
우리 팀 맨 끝에서 줄을 당기게 된 내 허리에
밧줄을 묶어 주면서 머리사가 말했다.
우리 팀 아이들이 웃었다.

"불공평해!"
상대 팀 맨 끝에서 줄을 당기게 된 코트니가 외쳤다.
"첨벙이가 있는 팀을 어떻게 이겨.
차로 끌어도 안 움직이지."

코트니네 팀은 호루라기를 불기도 전에
줄을 당기는 반칙을 했다.
내 앞의 몇몇 애들은 준비도 안 된 상태였고
우리는 모두
도미노처럼
쓰러졌다.

코트니네 편 아이들이 계속 밧줄을 끌어당기자
나는 바닥에 질질 끌려갔고
허리에 묶인 밧줄이 조여들어 숨이 막혔다.

"영차, 영차, 고래를 이기자.
영차, 영차, 고래를 이기자."
코트니가 시작한 이 구호가
모두의 목소리로 체육관에 울려 퍼졌다.

나는 이렇게 죽게 되는 걸까.
나를 비웃는 사람들 앞에서?
내 삶이 그랬던 것처럼?

고통스러워하는 나를 본 사람이 있는데도
아무도 나를 위해
줄다리기를 멈추지 않았다.
체육 선생님마저도.

코트니네 팀이 이겼고
밧줄을 풀자 나는 살 것 같았다.
하지만 그것도 잠시,
머리사와 우리 팀 아이들이 다가와 나를 비난했다.
나 때문에 졌다고.
뚱뚱하면서 이런 것도 제대로 못 하느냐고.

두
번
째

상
담

상담실에 들어가자 의사가
사우스 플레인스 목화밭에 심긴 목화처럼 꼿꼿이
자기 자리에 앉아 있었다.
내가 졌군. 소파에 앉을 수밖에.

"엘리, 오늘 일어난 일 중에서
이야기하고 싶은 것 있니?"

줄다리기하다가 죽을 뻔한 것?
아니면 머리사가 SNS에 내 사진을 올린 것?
'금지 도서 읽기' 주간에 도서관에서 컵케이크 먹는 나를
멋대로 사진을 찍은 머리사는
'뚱뚱한 애한테는 컵케이크를 금지해야 한다. 찬성 vs 반대?'
설문조사를 했다.
결과는 확인할 필요도 없었다.

나는 대답하지 않았다.
대신 조용히 탐색했다.
이 사람은 어떤 사람일까?
책장의 책이 철자가 아니라
색깔별로 분류되어 있다.
이런 사람을 믿어선 안 되지.
하지만 여기저기 놓인 액자 속 사진을 보니
친하게 지내는 사람들의 체형이 다양하다.

어쩌면 이 사람을 믿어도 되겠다, 조금은.

"엘리, 상담실에 내가 키우는 개를
들어오게 해도 될까?
싫으면 말해. 괜찮으니까."

"싫긴요.
전혀요.
사람보다 개가 좋아요."

"난 사람이지만 기분 나쁘게 받아들이지 않을게."
의사가 씩 웃었다.

보더 콜리 한 마리가 상담실로 들어왔다.
조랑말만 한 그 개는
자기기 퍼그만 하다고 생각하는 듯
나에게로 뛰어올랐다.
나는 상담실이 개판이라고 농담하고 싶어졌다.

목걸이에 '패치*'라는 이름이 적혀 있었다.
"흰색과 검은색으로 얼룩덜룩하니까
어울리는 이름이네.
우아, 네 눈 참 파랗다.
우리 엄마 눈이랑 닮았어.
정확히는 우리 엄마 한쪽 눈이랑.
한쪽은 파랑, 한쪽은 갈색이거든.
홍채 이색증이라는 거래.

---

* 주변과 색이 다른 부분을 뜻하는 말(patch)에서 왔기에 얼룩무늬를 의미할 수 있다. - 옮긴이

유전이야."

유전이 비만의 원인이 될 수도 있다는 사실이
문득 떠올랐다.

조이 이모를 포함해
엄마의 여러 친척이 비만이다.
내 뚱뚱함 유전자가 엄마 쪽에서 왔다는 건
웃기는 일이다.

의사가 나에게
개를 키우느냐고 물었다.

나는 고개를 끄덕였다.
"황갈색 퍼그를 키워요.
이름은 기기고요."

"기기 얘기 좀 해 줘."

"보호소에서 데려왔어요.
'퍼그 퍼레버' 보호소에서요.
입양의 날에 갔는데,
기기가 우리 한구석에서 떨고 있었어요.
사람을 쳐다보지도 않았어요.
자기한테 잘해 주는 사람은 없으리라고
생각했던 것 같았어요.
아무도 잘해 준 적이 없으니까."
나는 패치의 귀 뒤를 긁어 주었고

패치가 고맙다며 내게 뽀뽀했다.
"저는 그때부터 퍼그 퍼레버 보호소에서
자원봉사를 하고 있어요."

"왜?"

"개는 사람이 자기를 나쁘게 대해도
어쩔 수가 없잖아요.
나쁘게 대하는 사람이 많기도 하고요."

"기기 이야기도 그렇고
패치 대하는 걸 보니
넌 참 친절하고 다정한 사람 같아, 엘리."

"개들은 제 말을 들어 주거든요, 사람은 안 들어도."

의사가 머리카락을 귀 뒤로 넘겼다.
그러고는 귀를 움찔거렸다.
"나는 듣고 있어."

어쩔 수 없이 웃음이 났다.
하지만
울음으로 변해 버리는 종류의 웃음이었다.

의사가 티슈를 건넸다.
세 장을 쓰고 난 다음에야
말을 할 수 있을 만큼 눈물이 잦아들었다.

"제 몸무게 때문에 엄마가 절 가만두지 않아요.
학교는 고문실 같아요.
절친이 전학을 가 버려서
더 버티기 힘들어요."

"괴롭힘을 당하고 있는 것 같구나, 엘리.
그건 괴로운 일이지. 무서운 일이고."

"그래도 제가 할 수 있는 건 없어요."

"네가 원한다면
괴롭히는 사람들에게 맞서고
마음이 덜 괴로워지는 방법을 찾도록
선생님이 도와줄 수 있어.
그걸 원하면 원한다고 한마디만 해."

나는 속삭여 대답했다.
"한마디."

패치를 이용해서 내 말문을 열다니.
좋은 기술이었다.

또
그
소
리

상어 한 마리가 내 안전지대에 침입했다.
적 3호가 도서관의 자습용 칸막이 책상에 앉아 있었다.
내가 그 책상에 앉자, 적 3호는 일어서서
나와 더 먼 자리로 옮겼다.

오히려 좋다!
가까이에 앉기 싫기는
나도 마찬가지다.

적 3호의 신발이 문득 눈에 띄었다.
밑창이 벌어져
덜렁거리다 접혔고,
그 탓에 녀석은 결국 넘어졌다.

녀석이 도서관을 둘러보았다.
목격자는 나뿐이었다.
"뭘 보냐,
이 '메가프테라 노배앙리애'야."

메가프테라 노배앙리애는
혹등고래의 학명이다.
대단한 창의성에 박수를.

적 3호가 조용히 공부했고,
나도 종이 칠 때까지
다이어리에 글을 썼다.
도서관을 나가면서 녀석이 말했다.
"살만 빼면

아무도 널 안 괴롭혀, 이 긴이빨고래야.
다이어트할 생각은 안 해 봤냐?"

아, 또 그 소리군.

뚱뚱한 사람한테는 다들 이런 소릴 한다.
마치 그런 말을 해 줌으로써
우리에게 도움을 준다는 듯이.
몸무게가 많이 나가는 사람이 여태
다이어트라는 걸 생각 못 했으리라는 듯이.
어이가 없다!

형용사와 명사

첫 다이어트를 기억한다.
다섯 살 때였다.
추수 감사절에 내가
내 몫의 칠면조 고기, 곁들인 음식을 다 먹고는
할머니가 만든 건포도 오트밀 쿠키에
손을 뻗었다.
엄마가 내 손등을 찰싹 쳤다.
"더는 안 되겠다.
내일부터 다이어트하자.
너, 뚱뚱해."

'뚱뚱해'는 사실 형용사지만
엄마는 그 말을
내기 어떤 사람인지를 규정하는
명사처럼 내뱉었다.

그때까지 나는
내 몸이 큰 것에 대해서도 별생각이 없었고,
몸이 큰 게 나쁘다는 생각도,
부끄러워할 일이라는 생각도,
숨기거나
혐오할 만한
일이라는 생각도
해 본 적이 없었다.

하지만 그때 이후로는
그런 생각을 멈춘 적이 없다.

실패한 다이어트들

엄마 덕분에 나는
세상 모든 다이어트를
다 해 보았다.
두 번씩.
아마도 세 번씩은.

자몽 다이어트?
살이 조금 빠지고
구연산 때문에
구내염이 생겼다.

고섬유질 다이어트?
살이 조금 빠지고
치핵이라 불리는 역겨운 것이 생겼다.
그게 뭔지 묻지 마시라.

닭고기 다이어트?
살이 조금 빠지고
깃털이 생겼다.

그래, 뭐, 사실은
베개에서 빠져나온 깃털이
어쩌다 내 팔에 붙은 것뿐인데.
그래도 어쨌거나.

미술 수업

몸무게가 다 발에 쏠린 것 마냥
터벅터벅 돌덩이 같은 발걸음으로 상담실에 들어서니,
그림 그리기 도구들이 놓여 있었다.

"설마…… 장난치시는 거죠?"

미술은 비브가 잘하지, 나는 아니다.

"뭐, 싫으면 한 시간 동안 이야기를 나누든지."
코끝에 걸린 안경 너머로 나를 보며
의사는 눈을 깜박거렸다.

"그림 그릴게요."
나는 입꼬리를 '으아냥' 올렸다.
4분의 1쯤은 '으르렁',
4분의 3쯤은 '비아냥'대는 표정을 말한다.

의사는 종이를 건넸다.
"사람들한테서 최근에 들은
나쁜 말들을 떠올려 보고,
그중 가장 상처가 된 하나를 골라 봐."
의사가 색연필 상자를 열었다.
"떠오르는 말 있어?"

나는 고개를 끄덕였다.

"그 단어를 넣어서 그림을 그려 봐."

회색과 은색의 색연필을 가지고
이리저리 선을 긋다 보니
천천히 모양이 생겨났다.
색을 칠하다 보니
빨간색으로 눈이 갔다.

의사가 내 그림을 흘긋 보았다.
나는 팔로 가렸다.
"선생님 본인 거나 보시죠."

선생님은 웃음을 참으려다가
크흠 콧소리를 냈다.

색연필이 계속 움직이고,
종이에는 점점 가장자리가
삐죽삐죽한 글자가 생겨났다.
나는 시간이 얼마나 가는지도 몰랐고
내가 색연필을 얼마나 세게 누르고 있는지도 몰랐다.
색연필 하나가 반으로 부러질 때까지는 말이다.

색연필을 쥔 내 손을 선생님이 두 손으로 감쌌다.

나는 그리기를 멈추고 종이를 내려다보았다.
내가 그린 그림에 깜짝 놀랐다.

물고기의 배가 갈려
내장이 흘러나오고 있고
빨간 피로 '것'이라고 적혀 있었다.

저 뚱뚱한 것

고개를 들어 바라본 선생님은
조용하고 침착했다.
나는 내 그림에 질겁했는데,
선생님은 아무렇지 않은 듯했다.

"그날 온 가족이 집에 있어서
영화를 보기로 했거든요.
가족끼리 모여 있는 기분이
그날따라 어쩐지 꽤 좋더라고요.
보다 보니 영화에서 바닷가 장면이 나왔는데요,
수영복 밖으로 살이 막 튀어나온
살찐 여자애가 등장했어요.
'어휴, 저 뚱뚱한 것.'
누가 이렇게 말했는데
저는 그냥 못 들은 척했어요.

그날 밤에
베개에다 대고 울다가 잠들었어요.
'어휴, 저 뚱뚱한 것'이란 말이
머리에 박혀서 자꾸 맴돌더라고요."

"누가 그렇게 말했는데?"

나는 소파 쿠션을 집어 들었다.
끌어안았다.
눈물이 따갑게 고이다가
뺨에 흘러내렸다.
"엄마가요."

때로 사람이 너무 놀라면
속에 있던 말이 다 쏟아져 나올 때가 있다.
피냐타*에서 과자가 와르르 터져 나오듯이.

"엄마가 날 싫어하는 것 같아요.
그런데 나는 그렇게 생각하기가 싫으니까
엄마가 잘해 줬던 때를
일부러 자꾸 떠올려요.
1학년 때 제가 수두에 걸려서
엄마가 침대에 같이 누워
잠들 때까지 등을 긁어 줬던 때처럼요.
엄마가 저한테 하이쿠 쓰는 법을
가르쳐 줬던 때도요.
엄마가 어릴 때 쓰던
토끼 인형이랑 토끼 슬리퍼를
저한테 준 것도 생각해요.
그때 외할머니가 돌아가셔서
제가 계속 울기만 했거든요."

나는 아무래도
물에 빠진 아이가 구명줄을 붙들듯
그 순간들에 매달리는 것 같다.
엄마가 내뱉는 말에
그 생선처럼 가슴을 베일 때마다.

---

* 종이 죽 따위로 만든 통으로, 공중에 매달아 놓고 때려서 깨뜨리면 속에
든 과자와 장난감이 쏟아져 나온다. - 옮긴이

내가 품고 다니는 것

상담실에 체중계가 있었다면 아마
올라서고 싶었을 것이다.
10킬로그램은 가벼워진 느낌이었다.

메슥거리는 배 속이 편해지려면
속을 게워 내는 방법뿐일 때가 있다.
그날 저녁 영화를 보면서 꾹 삼켰던
괴로운 기분을
오늘 토해 내 버린 기분이었다.

"잠깐 쉬었다 하는 게 좋겠다."
잠시 자리를 뜬 우드 선생님이
물을 가지고 돌아왔다.
"네가 맘을 터놓은 것에 건배하자."
선생님이 자기 물잔을 들며 말했다.

"선생님이 우쭐대지 않으시는 것에 건배할게요."
나는 내 물잔을 선생님의 물잔에 짠 부딪혔다.
선생님은 한 손을 내저으며 말했다.
"어휴, 그건 너 가고 나면 해야지."

나는 텍사스 억양을 한껏 살려 물었다.
"선생님은 상담자이시잖아요.
이쯤에서 저한테
조언을 해 주셔야 하지 않아요?"

"맞아. 이렇게 해 보면 좋겠어.
사람들의 말이 상처가 될 땐

종이에 적어 봐.
이제부터는 그 말들을
여기에 품고 다니지 않게."
'여기'라고 말하며
선생님은 자기 머리와
가슴을 톡톡 두드렸다.

좀 쉬어야겠어

내가 아침에 수영을 하지 않으니
아빠는 이상한 낌새를 챘다.
침대에 불가사리처럼 팔과 다리를 뻗고 누운 나에게
아빠가 찾아왔다.

"무슨 일이야?"

"상태가 안 좋아."
아빠가 내 이마를 만져 보았다.
"열은 없는데."
"오늘은 학교 못 가겠어."
"무슨 일 있어?"
"평소랑 똑같아."
"'정신 건강을 위한 휴일'이 벌써 필요해?
올해는 좀 이르네."
"이 고생을 유치원 때부터 했잖아.
지나치게 오래 버티는 중인 거야."
나는 웃그림을 지어 보였다.

아빠가 넥타이를 풀며 말했다.
"알았어. 아빠가 상담 예약 변경하고 학교에 전화할게.
그래도 너, 얼른 낫도록 해.
엄마가 밤에 샌안토니오에서 돌아온단 말이지."
아빠의 말에 텍사스 억양이 짙게 묻어났다.

"아, 물론입죠."
나는 쓰지도 않은 카우보이모자를
올리는 척했다.

초
대

"엘리엘리엘리."
그렇게 얻은 휴일의 대부분을
수영장에서 보내다가
마침내 물 밖으로 나오는 내게
카탈리나가 외쳤다.
울타리 너머로 카탈리나의 머리가 불쑥 솟았다.
"너커스터드아이스크림좋아해?"
사라졌다가 나타났다.
"엄마가너데려가도된대."
또 사라졌다가 또 나타났다.
"5분후에출발할거야."

카탈리나가 나를 볼 수 있게
나도 펄쩍 뛰었다.
몸이 무거워서 힘들고
트램펄린이 없어서 더 힘들었지만.
"가서아빠한테물어볼게."
또 뛰었다.
"금방올게."

카탈리나가 웃음을 터뜨렸다.
"너희집에트램펄린놔야겠다.
아니면네신발에스프링달거나.
아니면—"

몇 분 후 내가 돌아왔을 때도
카탈리나는 아이디어를 외치고 있었다.

등에 메는 제트 팩*까지.
나는 펄쩍 뛰었다.
"아빠가가도된대."
하지만 "못가게할엄마가집에없기때문이야."
라는 말은 하지 않았다.
또 펄쩍 뛰었다.
"옷입고바로올게."

우리를 보던 아빠가 말했다.
이젠 저 울타리에다
문을 낼 때가 된 것 같다고.

---

* 사람이 공중으로 떠오를 수 있게 하는 1인용 장비 - 옮긴이

나 있는 그대로

나만의 향수나 다름없는
수영장 락스 향을 폴폴 풍기면서
카탈리나네 승합차 옆에 섰다.

"엘리, 안녕?"
카탈리나의 엄마가 밝게 인사했다.
카탈리나는 나머지 가족들에게 나를 소개했다.
"나는 에두아르도 아저씨라고 부르면 된다."
카탈리나의 아빠가 짧게 손을 흔들었다.
"네 남매 중 첫째는 큰오빠 하비에르고
둘째는 큰언니 나탈리아,
셋째는 작은언니 이사벨라,
마지막으로 나는 이 집안의 막내야.
그렇다고 '아기'는 아니고."

"나도 막내야."
이렇게 말하고,
나는 둘째 줄과 셋째 줄 좌석 사이를
비집고 들어가려 애썼다.

"음, 이러는 게 좋겠다."
하비에르가 이렇게 말했을 때
나는 긴장했다.
이제 '농담'을 꺼내겠지.
그때 하비에르가 둘째 줄 좌석을 톡톡 치며 말했다.
"너희 둘이 여기 앉아.
나탈리아랑 이사벨라랑 난 뒷좌석 앉을게."
카탈리나의 엄마도 거들었다.

"그게 좋겠네.
원래 손님이 제일 좋은 자리에 앉는 거야."

카탈리나네 가족들이 나를 받아들였다.
나 있는 그대로를.
단 5초 만에.
왜 우리 가족은 그럴 수 없을까?

먹이사슬

커스터드 아이스크림 가게에서
과체중인 한 여자가
나를 머리끝에서 발끝까지 훑어보았다.
그러곤 마치 신 레몬을 깨문 것처럼
끔찍하다는 표정을 지었다.

자기도 뚱뚱하면서 나한테 그러는 게
말이 안 되는 것 같지만,
저 사람에겐 그럴 권력이 있다.
뚱뚱한 여자아이의 규칙 중에
이런 게 있기 때문이다.
'뚱뚱하면 뚱뚱할수록
먹이사슬에서
더 아래쪽에 위치한다.'

하비에르를 본 그 여자는
핸드백을 도둑맞을까 걱정하듯 꼭 붙들었다.
그 여자가 카탈리나네 가족에게 이상한 소리를 할까 봐
나는 선수를 쳤다.
"핸드백은 안 먹으니까 걱정 마세요.
죽도록 배고프면 모를까."

"여기 아이스크림 진짜 맛있는데, 그치?"
카탈리나가 여자를 무시하며
내게 말했다.

그 무례한 여자는 말했다.
"맛있다고 너무 먹나 본데,

얘 이대로는 안 돼. 살 빼야지.”

“그쪽이야말로 안 되겠네요. 예의를 좀 배우세요!”
카탈리나가 내 팔에 팔짱을 끼고는
나를 홱 채 갔다.

불법 체류자와 외계인

살찐 사람들에게는 초능력이 하나 있다.
공간을 보기만 해도
자기가 들어갈 수 있을지 없을지를
자로 재듯 정확하게 측정하는 능력.
카탈리나네 가족이 피크닉 탁자*를 고르자
나는 그 능력을 활성화시켰다.
들어갈 순 있겠군. 하지만 좀 빠듯하겠어.
나는 배에 힘을 주고 자리에 앉았다.

내게 붙어 앉으면서
카탈리나가 속삭였다.
"아까 그 무례한 여자가 날……
여기 시민이 아니라고 생각하나?"

뭐라고? 나는 어리둥절한 눈으로 카탈리나를 보았다.

"에이 참, 집중해, 집중.
내가 여기에
불법으로 있다고 생각하는 것 같으냐고."

"아아, 불법 체류자라고 생각하겠냐고?"

"당연하지."
카탈리나가 <스타 트렉>의 스팍처럼
경례를 하며 말했다.
"그럼 뭐, 외계인이라고 생각하겠어?"

---

* 벤치형의 의자가 붙어 있는 야외용 탁자 - 옮긴이

우리는 마구 웃었다.
내 뱃살이 덜덜 떨려서
더 눈총을 받았을지도 모른다.
뚱뚱한 여자아이가
공공장소에서 지켜야 하는 규칙을 어겼지만
상관없었다.
친구와 함께 웃고 싶었다.

카탈리나가 갑자기 심각한 표정을 지었다.
"아까 그 여자가 오빠를 보는 눈 봤지?
우린 그런 눈길을 많이 받아.
텍사스에 사는 멕시코계 미국인이잖아.
불법 체류자 하면 떠오르는 고정 관념에
딱 들어맞지."

"고정 관념이란 건 진짜 구려.
자기와 조금 다른 사람을
천천히 알아 가는 게 아니라
무조건 싫어할 핑계를 만들어 주잖아."

"표현 좋다.
넌 거의 작가 같아."
카탈리나가 장난스럽게 팔꿈치로 나를 찔렀다.

그러다 고개를 푹 숙였다.
"사람들이 우리를 보는 눈길이랑
우리를 대하는 태도가 너무 싫어."

세상 모든 사람이
세상의 누군가를 멸시하면서
살아가는 걸까?

고정 관념 깨뜨리기

뚱뚱한 여자아이의 규칙 중 하나를
다시 생각해 보아야 한다.
'밖에서 음식을 먹을 때는 남보다 빨리 먹지 마라.'

뚱뚱한 사람은 자제력이 없어
음식을 마구 먹어 치울 거란 생각으로 생긴 규칙.
하지만 나는 너무 천천히 먹어서
녹은 아이스크림을 수프처럼 떠먹게 됐다.

고정 관념을 늘 의식하게 돼서
나는 음식을 느리게 먹는다.
사람들도 늘 고정 관념을 품고 나를 바라본다.

사람들은 뚱뚱하면 멍청한 줄 안다.
나는 성적이 우리 반 최상위권이다.

사람들은 우리가 게으른 줄 안다.
내 방은 언제나 말끔하다.

사람들은 우리가 불행한 줄 안다.

그건 사실이다.

하지만 내가 뚱뚱해서
불행한 줄 안다.
사실은
뚱뚱하다고 괴롭힘을 당해서
불행한 것인데도.

찢어져 버린 것은

사전에서 '체육 시간'이란 말을 찾아보면
이렇게 나온다.

체육 시간 - 명사)
: 학교의 허가 하에
학생들이 자기 몸을 부끄러워하게끔 만드는 시간

뭐, 이렇게 나와야 정확하다는 말이다.

운동을 잘하는 아이들이야 체육 시간을 좋아한다.
쉽게 성적을 딸 수 있으니까.
나머지 아이들은 살아남으려 버틸 뿐이다.
몸에 대한 콤플렉스가 없다가도,
체육 수업을 받고 나면 생긴다.
몸으로 어떤 걸 할 수 있는지 없는지를 가지고
말 그대로 등급이 매겨지니까.

오늘은 피구를 했고,
상대팀 공격수들은 나를 천천히 고문했다.
들고양이 떼가 구석에 몰린 생쥐를 다루듯
나만 마지막까지 살려 두었다가
모두가 한꺼번에 나를
공으로 쳤다.
얼얼하게 맞은 자국이
나의 몸에도 마음에도 생겼다.

체육 시간이 끝난 후,
나는 탈의실이 아니라

화장실 칸에 들어가 옷을 갈아입었다.
그런데 그 안에 걸어 둔 내 옷이
사라지고 없었다.

누군가의 웃음소리가
시멘트 벽에 부딪혀 반사되었다.
나는 속이 울렁거리는 정도가 아니라
들썩거리다 터질 것 같았다.

뚱뚱한 여자아이의 규칙 하나.
'웃음소리가 들린다면
그건 누가 너를 비웃는 소리다.'

나는 체육복을 그대로 입은 채
어깨를 쫙 펴 보았다.
화장실 문을 쾅 밀고 나가자
새로 산 내 주황색 블라우스를
머리사가 입어 보고 있었다.

머리사가 외쳤다.
"코트니, 첨벙이 옷에는
두 사람도 들어가겠다! 우리 같이 입어 보자."
코트니가 외쳤다.
"싫어! 뚱뚱이 균 옮으면 어떡해!"

옷이 뜯어지는 소리가 난 순간
내 안의 무언가도 뜯어졌다.
나는 생쥐 두 마리를 몰아붙이는 들고양이로 변했다.

"그만 좀 하시지, 벌렁 들창코 씨,
우둘투둘 여드름 씨!"

쏘아보는 내 눈길에
두 아이는 얼어붙었다.
헤드라이트 불빛에 멈춰 선 아르마딜로처럼.

나는 머리사에게서 블라우스를 낚아챘다.
"너희도 단점이 뻔히 있으면서
내 몸에 할 말이 참 많네."

"그냥 농담한 거잖아.
넌 성격이 왜 그러냐?"
머리사가 말했다.
그 애들은 조용히 옷을 갈아입고
나는 화장실로 돌아와 옷을 갈아입었다.
오늘 수업 시간에
손을 들지 않기로 했다.
옷 겨드랑이가 찢어진 것을
아무도 못 보게.

나를 지키기 위해 맞선 것은
잘한 일 아닌가?
그런데
왜 나쁜 아이가 된 것 같지?
왜 슬프지?

형제간의 뇌물

형제간의 경쟁이 무슨 소용.
형제간의 뇌물이 최고다.

나머지 가족들이 바빠서
오늘은 오빠 차를 타고 하교하기로 했다.
하지만 오빠는 내게 20달러를 뇌물로 주며
버스를 타고 가라고 했다.
나는 그 돈에 버스비까지 얹어 받아 냈다.

오빠는 어떤 여자와 쇼핑몰에 가려는 것이다.
뭐, 이해한다.
여동생을 달고 가고 싶지 않겠지.
다만 법적으로 열다섯 살은 돼야
내중교통을 혼자 이용할 수 있는데,
별문제는 없을 것이다.

타야 할 버스는 애플리케이션으로 알아냈다.

하지만 버스에 올라 자리에 앉자마자
실수했다는 것을 깨달았다.
두 명의 여자 고등학생이
나를 두고 말했다.
"야, 혹시라도 내가 저런 꼴이 되면
차라리 날 죽여 줘. 부탁할게."
"아휴, 물론이지."

한 할머니가 내 손을 토닥거렸다.
나를 위로해 주려는 것인 줄 알았지만,

"토실토실하네." 하더니
내 왼팔의 살을 꽉 꼬집었다.

"아야!"
나는 홱 물러났다.

나는 다음 정거장에서 내리려고 벌떡 일어났다.
내리는 사람들 타는 사람들 속에서
핀볼이 되어 이리저리 튕기다가
서서히 사람들 사이로 길이 열렸을 때
그 끔찍한 버스에서 내렸다.

드디어 벗어났다며 큰 숨을 들이쉬었을 때
냄새가 났다.
폭풍우의 첫 빗방울에서 나는
땅 냄새.
폭풍우를 피할 만큼 빨리 달릴 수도 없고
어디로 가야 하는지도 몰라서
나는 눈을 감았다.
비가 나를 적시도록 내버려 두었다.
이내 번개가 쳤다.

"빨리 가자!"
누가 내 어깨를 두드렸다.
"이쪽으로!"
카탈리나였다.
내 친구.

텍사스의 회오리바람

"집까지 헤엄쳐서 가야 하나 했네."
나는 하비에르의 차에 올라타
젖은 얼굴을 닦으며 말했다.
빗물뿐인 것처럼. 눈물은 아닌 것처럼.
차에는 카탈리나의 언니들도 있었다.

"카탈리나가 널 봐서 천만다행이다.
폭풍우가 장난이 아냐.
일단 차를 세워야겠어.
앞이 보여야 가지."
하비에르가 편의점 앞에 차를 세웠다.

"모든 상황엔 어울리는 노래가 있는 법이야."
카탈리나가 휴대진화로
디아스 디베르티도스의 '폭풍 속에서'를
커다랗게 틀었다.

우리 다섯은 음악에 맞춰
차가 들썩거리도록 신나게 몸을 흔들었고,
밖에서는 토네이도 경보 사이렌이 울렸다.

"편의점으로 뛰자!"
하비에르가 외쳤고,
우리는 빗속을 달렸다.

편의점 안에서 뉴스가 나왔다.
토네이도가 바로 옆 동네에 이르렀고,
우리 쪽으로 직진하고 있다는 뉴스가.

걸렸다

내가 일부러 말 잘 듣는 아이가 된 건 아니다.
일부러 고분고분 실토하는 것도 아니고.
그저 나는 무슨 규칙이든 깨뜨리면
꼬리가 밟히는 것뿐이다.
꼭 들키고 만다.

아빠에게서 문자가 왔다.
리엄하고 너 지금 어디 있어?
괜찮아?
지금 바깥에 있으면 위험해!

또 이렇게 딱 걸렸다.
나는 답장을 보냈다.
오빠는 쇼핑몰 갔어.
나더러 버스 타고 집에 가라면서 돈 줬어.
그런데 내가 버스에서 잘못 내렸어.
나는 거짓말하지 않았다.
지금은 카탈리나랑 안전한 데 와 있어.
가게 안으로 대피했어.
나중에 더 얘기할게.

당연히 더 얘기해야지!
들어오기만 해 봐라!
젠장.

토네이도는 결국
깔때기 구름으로 변해 사라졌다.
경보가 해제되었을 때

나는 재빨리
몰래 쟁여 둘 과자를
잔뜩 샀다.

식량이 필요할 테니까.

바깥세상의 빛을
다시 못 보게 될지도 모르니까.

내가 아니라

마음에 안 드는 선물을 바꾸듯
형제도 바꿀 수 있다면,
나는 한 치의 망설임 없이
오빠를 하비에르와 바꿀 것이다.

집까지 태워 줘서 고맙다고 인사하자
하비에르는 웃으며 말했다.
"아니야, 우리 동생.
네가 집까지 헤엄쳐 오지 않아도 돼서 다행이지."

"우리 같이 숙제할래?"
카탈리나가 물었다.
"나야 그러고 싶은데 오늘은 안 돼.
병원 예약 있어서."
카탈리나가 세균 막는 마스크를 하듯
셔츠 속으로 머리를 넣었다.
등껍질에 머리를 넣은 거북이가 됐다.
"너 감기야?"
"그런 병원이 아니라
정신과에 상담하러 가."
나도 모르게 말해 버렸다.

"뭐?"
카탈리나가 거북이에서 사람으로 돌아왔다.
"우리 엄마는
내가 어딘가 고장 났다고 생각하거든.
고래처럼 뚱뚱하니까."
"아이고, 문제야, 문제."

"어휴, 지적 고맙다."
"아니! 너희 엄마 생각이 문제라고.
네가 아니라!"

카탈리나 말이 맞을 수도 있을까?
고쳐야 하는 건 엄마의 생각일 수도 있을까?
내가
아니라?

비브 없는 이곳

카탈리나 덕분에
폭풍우는 무사히 피했는데,
집에선 무사하지 못할 듯.
혼자서 버스 탔다고 엄청 혼날 거야.

"아빠랑 이야기하면서 문자하지 마라, 엘리."
아빠 차를 타고 병원에 가는 길이었다.
"아니, 비브가 토네이도 소식 듣고
내가 무사한지 물어봤단 말이야.
답을 해 줘야지."
전화기에서 또 문자 수신음이 울렸고
아빠는 한숨을 쉬었다.

버스를 왜 탔는데?
카탈리나랑 탔어?
질투 나는데.
아직도 나를 제일 사랑하는 거 맞지?
맞다 아니다로 답해. ㅋㅋㅋ

답 문자를 하려는데 아빠가 막았다.
"그만해. 더는 안 돼."

"아니, 지금—"
"'아니' 소리 그만해.
도대체 무슨 생각이었는지 말해 봐.
어째서 혼자 버스를 타고
집에 와도 된다고 생각한 거야?"

"집에 올 다른 방법이 없었는데 뭘."
"리엄은 어디 갔는데?"
"데이트하러 갔어."

"하, 아주 대단하다, 대단해."
아빠는 절레절레 고개를 젓고
손가락으로 드르륵드르륵 운전대를 두들겼다.

"네 오빠는 혼쭐이 날 거니까 그리 알아 둬.
그래도 네 잘못이 없는 건 아니야.
똑똑한 녀석이 왜 그랬니, 엘리.
아빠한테든 조이 이모한테든 전화했으면 됐잖아.
그런 상황이 또 생기면
꼭 네 안전을 지킬 수 있는 쪽으로 결정을 내려야 해.
오늘처럼 해선 안 되는 거야.
알겠어?"

고개를 끄덕이며,
나는 울었다.

아빠는
내가 하염없이 눈물을 흘리는 것이
오빠에게 받은 상처 때문인 줄 안다.
하지만 오빠 따위 무슨 상관?
내가 우는 건
비브의 문자에 답하지 못했기 때문이다.
비브가 너무 멀리 있기 때문이다.
비브가 너무 보고 싶기 때문이다.

광선 검 대결

눈앞에서 다가오는 회오리바람보다
더 무서운 건
가슴속을 휘도는 감정의 토네이도다.

나는 정신과 의사가 아니라
비브와 이야기하고 싶었다.

내가 풀썩 소파에 앉자
우드 선생님은 물었다.
"무슨 일이야?"
나는 말없이 가슴에 팔짱만 꼈다.

"흠, 그 단계로 되돌아갔나 보네.
알았어.
그럼 나는 이쪽에서
제다이 수련을 좀 하고 있을 테니까
필요한 거 있으면 말해."

게임 도구와 미술용품이 있는
선반으로 간 우드 선생님은
광선 검을 집어 들고
불을 탁 켰다.
피융.
선생님은 상상 결투라도 하듯
허공에 대고 광선 검을 돌리고 찔렀다.
그러다 광선 검 하나를 더 집어 내게 휙 던졌다.
"도와줘, 오비 엘!"

에이, 거 참.

피용.

나는 전투에 뛰어들었다.

내가 검으로 공격할 때마다

선생님도 검으로 막았다.

"자, 학교 이야기 좀 해 봐."

"머리사랑 코트니가요―"

"아, 그 악의 무리들?"

"머리사가 체육 시간 끝나고

제 새 블라우스를 멋대로 입었어요.

그러곤 코트니한테

옷이 크니까 둘이 같이 입자는 거예요.

그러다 제 옷이 뜯겼어요."

나는 돌진해서 선생님의 하체를 공격했다.

선생님은 의자 위로 올라가서 피했다.

나는 검을 휘두르고

선생님은 방어하고

우리 둘의 광선 검이

X자로 만나 팽팽하게 맞섰다.

"그래서 너도 반격했니?"

"머리사의 들창코랑

코트니의 여드름 자국을 놀렸어요."

선생님이 내게 가까이 다가섰다.

광선 검이 웅웅 소리를 내면서

빨강과 파랑으로 빛났다.
"그랬더니 기분이 나아졌어?"

"아뇨. 안 그렇더라고요."

선생님이 광선 검을 껐다.
"우리,
거기서부터 이야기해 보자."

나는 다시 소파에 털썩 앉았다.
"나를 지키려고 맞섰는데,
왜 괴롭힘당할 때보다
기분이 더 나쁘죠?"

"우리의 대결을 생각해 봐.
뭘 배웠니?"
"선생님이 장난감을 좋아하신다는 거?"
"그건 맞아.
그런데 대결 자체를 생각해 보라고.
내가 검으로 널 공격하려 한 적 있어?"

나는 고개를 저었다.
"그러니까, 남을 공격하지 않고도
나를 방어할 수 있다는 거예요?"
"역시
자네는 훌륭한 제다이일세."

어른들이 기술에 빠삭해지는 날이 오면
아이들에겐 낭패일 것이다.
그날이 오기 전까진
우리 아이들이 지구를 지배한다.
아빠는 내가 문자를 못 보내게 하려고 전화기를 압수했다.
하지만 내겐 컴퓨터가 있고,
이메일로도 비브에게 문자를 보낼 수 있다.

나 외출 금지야.
전화기도 못 써.
그래서 아까 답 문자 못 했어.
너 카탈리나한테 질투할 필요 눈곱만큼도 없어.
너랑 난 둘도 없는 친구야.
앞으로도 그럴 기야.
네가 천 마일이나 떨어져 있는 게 너무 싫다.

비브의 답이 왔다.
백만 마일은 떨어져 있는 기분이야.
폭풍우 치는 날에 어쩌다 버스를 탄 건지 얘기해 줘.

일어난 모든 일을 이야기해 주고 나는 물었다.
너는 오늘 어땠어?

나도 끔찍했어.
이혼 절차가 끝났어.
이제 공식적으로 난 가족이 없어.

포옹을 문자로 보내는 방법은 없을까.

한쪽을 선택하는 일

가끔 나도
엄마 아빠가 헤어질까 봐 두렵다.
그때를 상상해 보곤 한다.
내 인생은 어떻게 될까?
일주일의 며칠은 아빠와
며칠은 엄마와 보내게 된다면.
내 물건의 절반은 한 집에
나머지 절반은 다른 집에 있다면.
계속 짐을 쌌다가
또 풀었다가 해야 한다면.
늘 불안정한 기분이라면.
우리 집이라 부를 곳이 어디에도 없다면.

하지만 한편으론 다행스러울까?
나 때문에
엄마 아빠가 싸우는 소리를
더는 듣지 않아도 될 테니.

둘 중 함께 살 사람을 선택해야 한다면
내 선택은 분명 아빠일 것이다.
아빠를 더 사랑해서가 아니라,
엄마가 나를 사랑하는지
알 수 없기 때문이다.

혐오가 시작되는 곳

한 가족이 저녁으로 뭘 먹을지에도
의견을 모으지 못한다면
세계 평화란 과연 가능할까?

아빠는 바비큐를 먹고 싶어 했다.
엄마는 가장 최근에 생긴
가장 멋지고도 인기 있는 식당에 가자고 했다.
언니는 일단 미국 것이 아니면 좋겠다고 했고,
오빠는 피자를 먹고 싶다고 했다.
내가 무엇을 원하는지는 중요하지 않다.
우리가 어딜 가든
나는 굳이 메뉴판을 보지도 않는다.
내 접시에 놓일 것은 언제나 엄마가 결정한다.

우리는 엄마가 선택한 식당으로 왔고,
음식이 나오기를 기다리는데
옆 식탁에서 꼬마 남자아이가 다가왔다.
아빠가 과장된 텍사스 억양으로 인사했다.
"어이, 안녕. 꼬마 친구."

꼬마가 나를 빤히 쳐다본 다음 자기 아빠를 돌아보니
그가 꼬마에게 고개를 끄덕이곤 씨익 웃었다.
꼬마가 다시 나를 보고는 말했다.
"너 뚱뚱해."
다시 아빠에게로 뛰어가던 꼬마는 멈춰 섰고,
돌아와서 이렇게 덧붙였다.
"아 참, 우리도 먹어야 하니까
여기 음식 다 먹지는 마."

돌아온 아들에게
꼬마의 아빠는 하이 파이브를 해 주었고,
그 식탁의 모두가 배를 쥐고 웃었다.

눈 깜짝할 사이에
우리 아빠가 그 식탁으로 갔다.
그러자 꼬마의 아빠도 자리에서 일어섰다.
우뚝 키가 큰 아빠가 그 남자를 내려다보았다.
팬핸들의 목장에서 자라며
날뛰는 황소들을 다루었다는 아빠가
상상되는 순간이었다.

식당 안의 사람들이 모두 숨을 죽였다.
"우리. 딸한테. 사과. 하시지요."
"뭐, 뚱뚱해서 유감이라고 할까요?"
꼬마의 아빠가 킬킬거렸다.

식당의 매니저가 다가와
두 사람 사이에 끼어들었다.
"소란 없이 대화해 주시기 바랍니다."

엄마가 일어났다.
"그만해, 필립. 가자.
우리 이미 충분히 창피당했잖아."

우리?!

"나가자."

엄마는 아빠의 팔을 잡아끌었고,
언니와 오빠, 나에게는 차에 가 있으라고 했다.

이것 보라.
내가 뭘 받을지는
언제나 엄마가 결정한다.

혜성의 이야기

나, 너한테 말 안 한 비밀이 있어.
비브의 문자였다.

뭔데? 무서워지려고 해.
큰일 난 거 아니지?

직접 확인해.
비브는 동영상 링크를 보냈다.
미식축구 경기장에서
마스코트가 춤을 추고 있었다.
얼핏 눈덩이 같은 모습인데, 자세히 보면
파랑과 주황의 불꽃 모양 꼬리가 달려 있었다.
관중들이 소리쳤다.
"혜성, 혜성, 혜성!"
밴드의 북소리가 울렸다.
쿵, 쿠-쿵, 쿵.
혜성 마스코트가
상대 팀 쪽으로 엉덩이를 내밀고
꼬리를 흔들었다.
휙, 휘-익, 휙.
같은 팀의 관중들이
폭발하듯 환호했다.

선수들이 운동장으로 달려 나올 때까지
혜성은 계속 춤을 추었다.
두 팔로 뱀을 만들고
엉덩이로 8자를 그리며.

앗, 이 춤, 낯익다!
혜성 마스코트는 비브였다!

비브와 영상 통화를 했다.
친구의 목소리를 들으니 너무 좋았다.
"반 애들한테
환호를 받아 보는 건 처음이야.
응원 마스코트로 뽑히는 게
여기선 엄청 대단한 일이야."

"네가 너무 자랑스러워, 비브!
너무너무 잘됐어!"
진심이었다.
하지만 한편으로는 부러웠다.

비브는 자기 몸의 크기를
편히 받아들일 수 있는
멋진 방법을 찾았다.
나는 어떻게 하면 그런 방법을 찾을 수 있을까?
나한테는
마치 유니콘을 찾는 일만큼이나
이룰 수 없는 일 같다.

오빠의 소원

국어 시간에 선생님은 말했다.
아무리 지독한 악당이라도
약간의 좋은 면은 있다고.

선생님은 우리 오빠를 못 만나 본 것이다.

책가방에 처음 보는 공책이 있었다.
엄마가 정리하다 내 것인 줄 알고
넣은 모양이었다.
열어 보니
오빠의 일기장이었다.

뚱뚱한 여동생이 있는 건 짜증 나는 일이다.
가족끼리 뭘 할 수가 없다.
걔가 놀이 기구에 몸이 안 들어가니까
우리는 놀이공원에도 못 간다.

그리고 외출하면
사람들이 막 쳐다본다.
걔만 보는 게 아니라
우리까지 다 쳐다본다.
가끔은 확 열이 올라
사람들을 패고 싶기도 하다.
그냥 사람들 앞에서
동생이랑 같이 있기 싫다.

나를 이토록 미워하니
이제는 내 오빠로 보이지도 않는다.

가족의 조건은 DNA가 아니다.
사랑이다.
행동이다.

나는 화가 치솟아 밖으로 나갔고,
한 장 한 장 찢은
오빠의 일기장을
배고픈 난로의 입에다 처넣고
불을 붙였다.

불꽃이 오빠 글을 활활 집어삼키고
그 연기가 내 코로 솟을 때 깨달았다.
내 분노는
단지 오빠의 일기장 속
끔찍하고 잔인한 말들 때문만이 아니었다.
내가 오빠에게 되받아치고 싶었던 말들,
내 속에서 활활 불타 온
그 모든 말들에서 온 것이었다.

이제는 그 말들을 가슴에서 꺼내
놓아 버려야 한다.
오빠는 신경도 쓰지 않을 그 말들이
나를 아프게 하니까.

카펫에 오줌 싸기보다 나쁜 상황

"엘리아나 엘리자베스 몽고메리 호프스타인!
너 지금 뭐 하는 거야?"
정원의 호스로 남은 불을 끄는 내게
엄마가 외쳤다.

"아빠 상담실로 가!"
내가 거길 모르는 것도 아닌데
엄마는 손가락으로 상담실을 가리켰다.
"당장!"

"필립, 당신 딸이 무슨 짓을 했는지 알아?"
엄마가 내 뒤를 따라오며 소리쳤다.
지금 상담실로 쳐들어간다는 걸
아빠에게 알리는 경고였다.
엄마는 상담실 소파를 가리켰다.
"앉아!"
기기와 나는 곧바로 소파에 앉았다.

나를 쳐다보는 기기가
동글동글 튀어나온 눈으로 묻는 듯했다.
'내가 카펫에 오줌 쌌을 때보다
더 나쁜 상황인 거지?'
나는 고개를 끄덕였다.

내가 어린 시절을
무사히 버텨 낸 비법은
입을 다물어야 할 때를 아는 것이었다.
하지만 이제 나는 어린이가 아니다.

나에게는 감정이 있다.

생각이 있다.

그 둘을 다 표현할 권리가 있다.

엄마는 아빠에게 마당에서 본 것을 말한 뒤

다시 나를 다그쳤다.

"너 규칙 알잖아.

'혼자서는 불을 붙이면 안 된다.

절대! 절대! 절대!'"

아빠가 나에게 물었다.

"뭘 태웠는데?"

"그냥 어떤 끔찍한 글.

다른 사람이 안 읽었으면 하는."

나는 거짓말하지 않았다.

"조각조각 찢어서

쓰레기통에 버리는 방법도 있잖아.

도대체 왜?"

엄마는 두 손을 들었다.

"그 방법은 못 써!

엄마가 쓰레기통을 뒤지니까."

내가 내뱉고도

믿기지 않았다.

그래도 충격받은 엄마의 얼굴을 보니

말하기를 잘했다는 생각이 들었다.

"내가 엄마한테 무슨 말을 하고 싶은지
엄마는 몰라."

외출 금지를 당했을지언정,
방으로 돌아가는 내 발걸음은
풍선보다도 가벼웠다.

안
식
일

외로운 별 주*에 가을이 오면
금요일 밤마다
미식축구의 열기로 떠들썩하지만,
우리 집은 그렇지 않다.
축구장의 심판이
와 주면 좋을 집이긴 하다.
서로 간에 날카로운 불꽃이
쉴 새 없이 튀고 있는
이번 주부터는 더더욱.

가족이 모두 식탁에 모여 앉았다.
서로 포옹하며 "샤밧 샬롬."
하고 안식일의 인사를 나누는 시간이
나는 싫었다.
오빠와 포옹하느니
산미치광이**와 포옹하는 것이 나으니까.

그래도 축복의 시간은 기다려졌다.
기독교인인 엄마도
이 시간만큼은 함께한다.
엄마 아빠가 두 손을 내 머리에 얹고
내게 기도를 하는 시간.
나는 늘 엄마 목소리에 집중한다.
"신께서 은혜와
자비를 내려 주시기를.

_____

* 텍사스 주의 별명 - 옮긴이
** 몸이 위험한 가시털로 뒤덮여 있는 야생 동물 - 옮긴이

사랑을 보여 주시고
평화를 허락하시기를."

은혜.

사랑.

평화.

좋다, 내가 받고 싶은 것들이다.

엄마한테서 말이다.

이제는.

고래잡이 철

국어 시간에 선생님이 말했다.
좋아하는 장르나 작가의 책뿐 아니라
온갖 종류의 책을 읽으라고.
"독서란
뷔페에서 밥 먹는 일 같아야 해.
선택할 수 있는 책의 종류가 참 다양하거든.
소설, 시, 그래픽 노블…….
세상에 책이 얼마나 많은데!
골고루 다 먹어 봐야지!"
책을 다 읽은 다음에는
그에 관해 글을 써 보라는 과제도 주어졌다.
책, 음식, 글쓰기를 모두
이야기하는 교사가 있다?
3관왕이다.

"저 무슨 책 읽을지 정했어요."
나는 수업이 끝난 후 선생님에게 말했다.
"《나의 고래를 위한 노래》를 읽으려고요.
아무리 노래를 해도 그 노래가
남에게 전해지지 않는
고래의 이야기예요."

목소리가 전해지지 않는 기분을
나는 안다.

운 없게도 머리사가 내 얘길 들었다.
"아하, 커어다란 고래 책을
읽고 싶은 거군."

머리사는 눈빛으로 내게 작살을 던진 다음
박수를 다섯 번 쳤다.
머리사는 할 일을 다 하면 박수를 친다.
늘 짧고 빠르게 다섯 번.
화장실에서는 참 어색할 습관이다.

국어 선생님이 말했다.
"고래는
특별하고
아름답고
강해.
고래에 대해 좀 더 공부했다면
너도 알았을 텐데 말이다."

나는 짧고 빠르게 다섯 번 박수를 쳤다.

이불

국어 선생님이 내게
교실에 잠시 남으라고 했다.
"여기, 네가 전에 낸 숙제."
선생님이 돌려준 것은
내가 써서 제출했던 시였다.
"참 좋더라. 직접 낭독해 줄 수 있어?"

"퀼트 이불에 몸을 감싸면
기억에 감싸인다.
낡고 네모난 옷감 조각들을 서로 기워
옛사람들의 시간을 고운 이불로 만들던
할머니의 기억에.

옷감 조각 하나하나에
이야기가 담겨 있다.
아기의 잠옷.
레이스와 새틴으로 된 웨딩드레스.
금빛 별이 달린 줄무늬 면 재킷.

빛바랜 그 이불을 쓰다듬으면
벨벳처럼 부드럽게 낡아 있다.
학교에서 돌아온 내 몸을 숨겨 주고
할머니가 떠났을 땐 내 울음을 숨겨 준
지난 시간 속에.

덮고 누우면
천보다 기억이 더 따뜻하다.
할머니의 사랑이 여전히 살고 있다.

나를 안아 주고 위로해 주는
퀼트 이불 속에."

선생님이 손가락을 딱 울리며 말했다.
"첫 낭독 축하해.
너는 이제 공식적으로 시인이야."

방학

방학.
온 세상 학생들의 가슴에
기쁨이
솟는 이유.

가족 여행.
차, 비행기, 호텔, 온 세상에서
싸움이
일어나는 이유.

아빠가 '낙엽 여행'이라는 것을 예약했다.
고작 죽어 가는 나뭇잎들을 보기 위해
비행기를 두 번 타고 한참을 날아
뉴햄프셔와 버몬트로 가야 한다.
나는 절대로 어른들을 이해할 수 없을 것이다.

아빠는 추가로 깜짝 일정도 발표했다.
아빠의 버킷 리스트를 실현하기 위해
나이아가라 폭포에도 가는 것이다.
차를 타고 한참을 가야 한다.

더군다나
수영장은 없을 것이다.
아니, 설사 있다 해도 나는 차라리
피비린내 나는 생선을 허리에 두르고
상어 가득한 바다로 뛰어들 것이다.
낯선 사람들과 함께 수영할 바에는 말이다.

치즈

끔찍한 일이 일어나기 전에는
우주가 경고를 좀 해 주었으면.
헉하고 숨을 멈추기 전에
깊은숨을 들이쉴 수 있는
시간을 주었으면.

가족들이 다음 일정을 가지고
실랑이하는 동안
나는 천둥처럼 물이 쏟아지는
뉴욕주의 말굽 폭포를 바라보았다.

누군가가 내 어깨를 두드렸다.
돌아보니 한 여자아이가
처음 듣는 언어를 쓰며
본인의 카메라와 나를 번갈아 가리켰다.
나는 고개를 끄덕이고 카메라로 손을 뻗었다.
그 애와 친구들의 사진을
찍어 주려고.

하지만 쏟아지는 물보다 빠르게
여러 아이가 키득거리며 나를 에워쌌고,
그 여자애가
우리의 사진을 찍었다.

내가 한가운데에 있었다.
SNS에 올라갈 내용이 상상되었다.
'무시무시한 미국 뚱보를 만난 소녀들.'
사진은 순식간에 퍼지겠지.

나는 국제적인 웃음거리가 되겠지.

어떻게 하지?
우드 선생님의 말을 떠올렸다.
내겐 참지 않고 맞설 권리,
나를 방어할 권리가
있다는 말.

쉽지 않았지만
그 아이들에게로 다가가서
손짓으로 말했다.
내가 너희의 사진을 찍어 주겠다고.

그 애들의 단체 사진 한 장과
폭포 사진 한 장을 찍어 준 다음,
나는 그 애들을 등지고 섰다.
잠시,
아주 잠시.
그런 다음 카메라를 돌려주었다.

그 애들이 멀어져 갈 때
나는 카메라의 메모리 카드를
폭포에 던졌다.

말
하
기

어
려
운

일

우드 선생님과의 상담이
기다려지는 것은 처음이었다.
자리에 앉자마자 나는
선생님에게 보여 주었다.
사람들이 내게 던진 나쁜 말들,
점점 늘어나기만 하는 그 목록에
가장 최근 추가된 단어를.

괴물 - 명사)
1. 정상적인 형태에서 기괴하게 벗어나는 사람
2. 공포나 혐오를 일으키는 존재
3. 나

선생님이 무슨 일이냐고 묻자,
한마디 꺼내기도 전에
눈물이 쏟아졌다.
텍사스에 내가
나이아가라 폭포를 만들고 있었다.

너무 서럽게
너무 오래 울어
아빠가 그 소리를 들었다.

나도 들었다.
대기실에서 왔다 갔다 하는
아빠의 발걸음 소리를.
상담실 문 앞에서 아빠의 카우보이 부츠가
몇 번 멈추었고,

문고리가 돌아가다가
멈추었고,
또 돌아갔고,
결국 내가 문을 열어
아빠를 들어오게 했고,
아빠는 내 옆에 앉아
마치 내가 작은 꼬마인 것처럼 나를 안고서
울 만큼 울 때까지
가만가만 흔들어 주었다.

시간이 더 필요해

그저
시간이 좀 더
필요할 때가 있다.

정해진 상담 시간은 끝났지만
우드 선생님은 내게 이야기를 나누자고 했다.
아빠는 내가 왜 그토록 속상한지 알지 못한 채
대기실로 돌아갔다.
어쩌면 나는 아빠에게
영영 말하지 않을지도 모른다.
아빠에겐 즐겁게 남았을 나이아가라 폭포의 기억을
망치고 싶지 않으니.

"그 애들의 꿍꿍이를 눈치채지 못한 제가 너무 한심해요.
그리고 제가 한 일에 죄책감이 들어요.
도둑질했잖아요.
여태 한 번도 그런 적이 없는데요.
그 애들의 여행 사진을 없애 버린 거예요."

"네가 죄책감을 느끼는 이유는
넌 좋은 사람인데
자기를 방어하기보다는
메모리 카드를 훔치기로 하는
나쁜 결정을 했기 때문이야."
선생님이 내민 것은 메모지와 펜이었다.
"그 여자애한테 편지를 써서
따져 봐."

139

모르는 아이에게

내 어깨를 두드린, 모르는 여자아이에게

어째서 그래도 된다고 생각한 거야?
너희와 다르게 생겼으니까
내 허락 없이
내 사진을 찍어도 괜찮은 거야?

너라면 어떨 것 같아?
만일 누가 네 사진을 찍어서
모두에게 보여 주면서
남들과 다른 점을 지적하며 비웃으면 어떨 것 같아?
너는 어떤 부분을 숨기고 싶을 것 같아?

너는 다른 사람이
자괴감을 느끼도록 만드는 게
재미있다고 생각해?

PS.
다른 사람을 상처 주고서
기분이 좋아진다면
너는 너 자신을
그리 좋아하지 않겠구나.

PPS.
메모리 카드를 훔쳐서 미안해.
네 행동과 관계없이
그건 내가 잘못한 거야.

꼿꼿이 서다

방심했다.
학교가 한 주쯤 조용했으니
무슨 일이 일어날 때가 됐는데.
금요일, 도서관으로 가기 전에 들른
내 사물함 문에는
사진이 붙어 있었다.
고래의 몸에
내 머리를
포토샵으로 붙인 사진.

나는 그걸 찢고 둥글게 구겨
머리사에게 던졌다.
힘껏.
퍽!
머리를 겨냥했지만
심장에 맞았다.
아니, 머리사에게도 심장이라는 게 있다면
거기쯤이었으리라는 것이다.
머리사는 피식 웃고 걸어갈 뿐이었다.

그때, 그 정도로는 부족하다는 듯
적 3호가 제 버릇을 되풀이했다.
내가 복도 공간을 다 차지한다는 듯
벽에 달라붙기.
"다들 물러서! 길을 터 줘!
고래가 지나간다고!"

하지만 나는

141

수치심에 바닥만 보는 게 아니라
고개를 꼿꼿이 들고
적 3호와 눈을 마주쳤고,
어느새 그 녀석 앞에 다가가 있었다.

"넌 네가 웃긴 줄 알지?
아니. 넌 못된 것뿐이야.
네가 하는 짓을 내가 막진 못하겠지만,
적어도 네가 이럴 때마다
내 눈을 똑바로 보게 할 수는 있어.
그렇게 할 거야. 지금부터."

돌아서 걸어가며 나는 깨달았다. 내가
불가사리처럼 했다는 것을.
이곳에서
한 공간을 차지할 권리를
찾기 시작했다는 것을.

달라질 수 있도록

내가 머리사에게 뭘 던졌다는 건
우드 선생님이
썩 좋아하지 않을 것이다.
뭐, 나의 실수.
하지만 적 3호에게 내가 어떻게 맞섰는지를 들으면
선생님은 엄지를 척 내밀 것이다.
수학을 잘하진 않아도
2점 중 1점이나 땄으면
나쁘지 않다는 것 정도는 안다.

그때 문득 발견했다.
복도에 국어 선생님도 함께 있었다는 것을.
"잠깐 선생님이랑
교실로 좀 가자, 엘리."

국어 선생님은 내게
앉으라고 손짓했다.
나는 책상 앞에 털썩 앉았고,
우리 둘이서 가만히 바라본 것은
떨리는 내 두 손이었다.

"네가 한 일은 쉽지 않은 일이야.
몇몇 애들 때문에
학교 다니기 많이 힘들지?
그런 애들에게 맞서는 것도
얼마나 큰 힘이 필요한 일인지 알아.
너는 참 용감해.
글을 참 잘 쓰고

언어에 재능이 있어.
선생님은 네가 앞으로도 계속
네 입장에서 겪고 느끼는 것들을
네 언어로 표현해 줬으면 좋겠어.
너로 살아가는 일이 어떤 것인지
다른 사람들에게 알려 주었으면 좋겠어.
덕분에 다른 누군가도
자기를 괴롭히는 사람 앞에
꼿꼿이 설 용기가 생길지도 몰라."

선생님 이야기에 기분이 나아졌다.
오늘, 나는 나를 괴롭히는 아이들에게 맞섰다.
그게 가능하다는 걸
다른 애들에게
보여 줄 수 있을지도 모르겠다.

돌이킬 수 없이

냉장고에서 살 빼기 기사를 떼는 엄마를 보며
엄마가 변하고 있다고 생각했다.
하지만 아니었다.
엄마는 그렇게 만든 빈자리에다
성공한 비만 수술 사례를 담은 기사들을 붙였다.
아아.

엄마에겐 상관없는 것이다.
엄마의 언니, 조이 이모가
그 수술을 받다가 거의 죽을 뻔한 것이.
또는 내가 고작 열세 살이라는 것이.
비만 수술을 받으려면 적어도
열다섯 살은 되어야 한다는 게
의사들 대부분의 의견이다.

하지만 엄마는 마음만 먹으면
내게 그 수술을 시킬 방법을 찾고 말 것이다.
오늘 엄마가 붙인 기사들을 보니 알겠다.
비만 수술을 받은
열세 살 아이의 기사다.
그리고 이럴 수가…….
여섯 살짜리도 있었다.
그리고
세 살 아기도!

여섯 살.
세 살.
이 아이들의 몸을 열어

수술했다.
돌이킬 수 없이 바꾸었다.
단지 뚱뚱하다는 이유로.

여러 위험에도 불구하고
조이 이모는 그 수술을 받기로 했다.
그리고 잘못될 수 있는 거의 모든 부분이
잘못되고 말았다.
병실에 누운 이모 곁에 앉아
차가운 이모 손을 잡고 있을 때 들리던,
이모의 숨을 대신 쉬어 주던 기계의 소리가
아직 기억난다.
중환자실에서 6주를 보낸 뒤,
이모는 살아났다.

그게 다 내 일이 될지도 모르는데,
엄마는 어떻게 괜찮다는 걸까?

상
어
떼

상어들이 주로 공격하는 때는
고래가 혼자 있거나 약해졌을 때다.

우리 학교의 상어 떼가
나를 둘러쌌다.
내가 수학 시간에 책상을 망가뜨린 날에.

의자와 붙어 있는 책상의 다리가
처음엔 조금씩 천천히 벌어졌다.
마치 만화 영화 속에서
뚱뚱한 카우보이가 올라타자
말의 다리가 벌어지는 것처럼.

일어서려고 했지만
몸이 끼어 움직일 수조차 없었다.
결국 금속이 휘어지는 끼익 소리,
나무가 갈라지는 쩌억 소리가 나고
나는 책상과 함께 바닥으로 무너졌다.

나는 뒤집힌 채 돌무더기에서 벗어나려 애쓰는,
일어나려 애쓰는,
땅이 열려서 나를 통째로 삼켜 주기를 바라는
바다거북이었다.

상어들이 몰려들었다.
이빨을 박아 넣었다.
한 마리씩 돌아가며 물어뜯었다.
웃음으로, 말로.

"첨벙이가 의자를 부러뜨렸어!"

"이야아! 쇠로 된 건데!"

"꼭 콜라 캔처럼 찌그러졌네."

"불쌍한 책상, 버틸 재간이 없었어."

금속과 나무가
내 배와 옆구리, 등과 다리를
찌르고 파고들었다.
숨을 쉬는 것만으로도 아팠다.
"도와줘.
나 좀
제발."

상어들은 그저 웃기만 했다.

누가 그랬어?

마치 모세가 홍해를 가르듯
수학 선생님이 아이들을 갈랐다.
"무슨 일이야?"
선생님이 나를 발견하고선
나를 책상에서 벗어나게 해 주고 손을 뻗어 주었다.
"어떻게 한 명도 도와주는 사람이 없냐!"

"쟤는 한 명이 일으킬 수가 없어요."
어떤 애가 말했다.
"소방관들이 와도 못 일으키지."
다른 애가 말했다.

올가미 밧줄을 휘두르는 카우보이처럼
선생님이 머리 위로 커다란 원을 그렸다.
"너희 모두 방과 후 남아라."
모두가 앓는 소리를 냈다.

선생님이 책상을 살피고 안 들리게 욕설을 내뱉었다.
"누가 이 의자에서 나사를 뺐어?
누군지 당장 나오지 않으면
모두가 벌을 더 받을 줄 알아."

코트니가 손을 흔들었다.
"제가 했어요."

수학 문제를 풀어 보자.
코트니에게 그걸 시킨 아이가
머리사가 아닐 확률은 얼마일까?

박수 짝짝짝

너무 꽉 악문 내 이가
젖은 분필처럼
허물어질 것 같았다.

머리사가 소리 내어 웃고,
소리 없이 입 모양으로 말했다.
'고래 지방 덩어리.'

머리사에게 그대로 다가가려는데
수학 선생님이 내 앞을 막아섰다.
"그냥 가라, 엘리."

선생님의 목소리가 다시 쩌렁쩌렁해졌다.
"코트니, 너는 교장실로 기!"

보란 듯 당당히 걸어
교실 문으로 향하는 코트니에게
몇몇이 박수를 쳤다.
"최—고의 장난이었어."

"입 다물어!"
선생님이 교실을 둘러보았다.
"방과 후에 남는 벌,
하루가 아니라 이틀로 늘었다.
사흘로 늘기를 원하면 계속 떠들어."

조용했다.
최고의 장난이었다는 말에

150

다들 동의한다는 걸까?
아니면 내 편에 서기가 두려운 걸까?
아니면 처벌이 커지는 게 싫을 뿐일까?
결코 알 수 없겠지.

선생님은 말했다.
"너희 전부한테 실망했다.
나사를 직접 빼지 않았어도
누군가가 그랬다는 건 알았겠지.
그랬다면 이 일에
똑같이 책임이 있는 거다.
나서서 한마디 했어야지.
역사책에 그렇게
끔찍한 일들이 가득한 건
사람들이 뒷짐만 지고
아무 말도, 아무 일도 안 했기 때문이다.
너흰 오늘 일이
별일 아니라고 생각하겠지.
너희가 당한 게 아니니까.
그런데 언젠가
너희도 당할 수 있다.
그걸 잊지 마라."

무시하는 게 아니라

수학 선생님의 책상 위
액자 하나가 내 눈길을 사로잡았다.

수학 선생님과 아내,
그리고 체형이 나와 비슷한 딸이
독립 기념일을 축하하면서
수박을 먹고 있는 가족사진이다.
선생님의 딸은
빨간 과육에 얼굴을 파묻고 먹느라
턱에는 과즙이 흘러내리고
통통한 볼에는 수박씨가 몇 개 붙어 있다.
선생님이 내 편에서 말해 준 이유가 이것이었나 보다.

선생님이 복도로 따라 나오라고
내게 손짓했다.
"집에 전화해서 데리러 오시라고 해.
오늘은 그만 집에 가서 시원하게 울고,
월요일에 학교에 오면
이런 일이 없었던 것처럼 행동해.
그 애들은 그냥 무시해 버려."

"선생님, 선생님은 수학을 가르치시잖아요.
그렇게 해서 변하는 게 있을 확률이
얼마나 될 것 같으세요?"

그대로 가 버리려다가, 나는 돌아섰다.
"그리고 선생님 따님한테는 절대로
그냥 펑펑 울어 버리고

나쁜 녀석들은 무시하면 그만이라고
말하지 않으셨으면 좋겠어요.
그걸로는 너무 부족하니까요."

"그래, 맞아."
선생님이 내 등에 대고 외쳤다.
"그걸로는 너무 부족하지.
우리 아이한테도, 너한테도.
조언을 이렇게 바꿔 보마.
너를 행복하게 만드는 것,
너를 행복하게 만드는 사람한테만
마음을 쓰도록 해.
너를 싫어하는 사람들,
무슨 이유로건 너를 싫어하는 바보들은
하나도 신경 쓰지 말고."

나: 오늘이 여기서 더 나빠질 수는 없겠지.
우주: 두고 보렴.

저녁 식탁에 앉으니
오빠가 통구이 옥수수에 버터를 바르고 있었다.
"오늘 첨벙이가 수학 시간에 의자를 빼갰대요."

그래, 오빠가 모를 리가 없지.
머리사 오빠의 친구니까.

곤두박질치는 비행기에 탄 승객처럼
나는 충격에 대비했다.

그러다 마음을 바꿔, 한마디 하기로 했다.
나는 가치 있는 존재니까.
"그런 거 아니었어. 오빠도 알잖아."

"야, 너…….."
오빠가 쩝쩝거리며 옥수수 한 줄을 먹어 치웠다.
"수학 시간에……"
쩝쩝, 또 한 줄의 옥수수가 사라졌다.
"바닥에 자빠져 앉았어, 안 앉았어?"
쩝쩝, 셋째 줄도 사라졌다.

"애들 장난 때문인 거 알잖아!"
나는 소리쳤다.

"얘 그냥 비만 캠프 같은 데 보내거나

비만 수술 시키거나 하면 안 돼요?"
이제 오빠는 입 안 가득한 옥수수 조각을
여기저기로 뿜으며 말했다.

"오빤 내가 안 태어났더라면
좋았겠다고 생각하지?
그런데 말이야,
나도 오빠에 대해서 똑같이 생각해!"

"엘리······."
엄마는 하려던 말을 삼켰다.
나는 엄마가 삼킨 말을 머릿속으로 완성했다.
'이 뚱뚱한 것!'

언니는 슬픈 강아지 같은 눈으로 나를 보았다.
나를 동정했다.
참 완벽하군.

"그만해!"
법정이 소란스러워
의사봉을 내리치는 판사처럼
아빠가 유리컵을 식탁에 내려놓았다.
그러고는 두 손을 모아 잡고
나에게만 집중했다.
이게 아빠로서의 행동인지,
정신과 의사로서의 전략인지 가끔 난 궁금해진다.
"무슨 일이 있었던 거야, 엘리?"

나는 마치 작가처럼
이야기를 풀어놓았다.
머리사와 코트니가 저지른 일들의 이야기를.
그런데 하다 보니
이 이야기에는 결말이 없었다.
아직까지는.

어떤 테니스

굴착 장치에서
석유가 솟구치듯이
아빠가 폭발했다.
"이런 괴롭힘이 더는 일어나지 않게
학교가 조치를 해야지!"

"저녁 식사는 끝났다!"
아빠는 이렇게 말하곤
식탁을 치우기 시작했고,
거칠게 접시를 쌓았다.
엄마는 남은 음식을
주방으로 가져가려고 모았다.

오빠는 양고기 한 덩이를 더 먹으려 했다.
"난 아직 다 안 먹었거든요."
"방으로 가, 당장."
엄마가 명령했다.

나는 그냥 있었다.
하지만 아무도
나에게는 관심을 기울이지 않았다.

주방으로 이어지는 문이 열려 있어,
나는 모든 움직임을 1열에서 관람할 수 있었다.

엄마 아빠는 마치 테니스 경기를 하듯
날 선 말을 툭툭 주고받았다.
"학교에 전화할 거야."

엄마가 반대했다.
"그러면 상황이 더 나빠질 뿐이야."
이에 관해선 나도 엄마와 생각이 같았다.

"학교 폭력에 관한 법률이 있다고."
아빠가 접시에서 음식을 긁어모으며 말했다.

"현실에서 적용하기가 쉽지 않아."
엄마가 접시를 식기세척기에 넣으며 말했다.

쨍그랑!
"필립! 왜 접시를 깨뜨리고 그래!"
엄마는 나에게 일어난 일보다
깨진 접시 때문에 더 속상한 것 같았다.

"머리사하고 코트니는 처벌을 받아야 해.
그 어떤 아이도 이런 일을 당해선 안 된다고!"
아빠가 이렇게 말하며 빗자루를 쥐었다.
아빠가 깨진 접시 조각을 쓸어 모았고,
엄마는 몸을 숙여 쓰레받기를 댔다.
"우리가 크게 대응할수록 상황은 더 나빠질 뿐이야.
엘리가 살만 빼면 돼.
그러면 이 모든 문제가 해결돼."

"당신 정말 엄청나다, 미리엄.
그거 알아?"

"그러는 당신은? 엘리의 몸무게가

모든 일에 영향을 미친다는 걸
모른 척하잖아.”

“미리엄, 누가 우리 애를 다치게 했단 말이야.
그게 이해가 안 돼?”

“당신이야말로 이해가 안 돼? 지금—”

더 들을 필요는 없었다.
나는 일어섰고,
두 사람은 내가 나가는 것을 알아채지도 못했다.

나를 살펴 주다

수영장을 돌고 또 돌았다.
철벅 철벅 철벅
물을 가르고
빠르고 힘차게 물을 찼다.

그러다 물 밑으로 내려가
학교에서, 저녁 식탁에서 하고 싶었던 말들을
힘껏 내질렀다.

힘이 빠져 코로 숨을 내쉬자
보글보글 공기가 수면으로 올라갔고,
물 밖 계단 근처에 카탈리나가 앉아 있었다.

"이렇게 세게, 오래
헤엄치는 소리가 나는 건 처음이어서
뭔 일이 있나 싶었어.
너 괜찮은지 살피러 온 거야.
새로 생긴 문으로."
카탈리나가 눈을 가늘게 뜨고 관찰했다.
"너, 눈이 엄청 빨개."

"수영장 락스 때문이야."

"친구끼리 거짓말하는 거 아냐.
무슨 일인데?"

나는 고개를 저었다.
"말하기가 좀······."

나는 다시 물 밑으로 내려가
헤엄을 치고 소리를 쳤다.
숨이 모자라고 허파가 아파
물 위로 올라왔을 때도
여전히 카탈리나가 있었다.

아까보다 가까운 자리에 앉아 있었다.
내가 헤엄쳐 다가갔다.
"고마워."
울어서 거칠거칠해진 목소리로
나는 말했다.

"난 무슨 일이 일어났는지도 모르고
사람들이 너한테
왜 그렇게 고약하게 구는지도 모르지만
아는 게 하나 있어.
누가 너한테 뭘 했건,
그 사람의 행동은
그 사람이 어떤 사람인지를 보여 주는 거야.
네가 어떤 사람인지가 아니라."

나에서 '우리'로

나는 다음 날도
언제나 그랬듯이
수영을 하러 갔다.
카탈리나도
언제나 그랬듯이
근처에 앉아 기타를 연습했다.

수영장 끝에서 끝까지 헤엄치기를
충분히 반복한 다음,
나는 수영장 한쪽 끝에서
제자리 헤엄을 쳤다.
"너, 거기 있으면
안 될 것 같아."

카탈리나가 기타를 멈추고 물었다.
"정말? 혼자 있고 싶어?"

"친구랑 같이 수영하고 싶어."

카탈리나가 기타를 내려놓더니
바로 그 자리에서 청바지와 티셔츠를 벗었다.
그러자 이미 수영복 차림이었다.
"나 몇 주 동안 계속
옷 속에 수영복 입고 왔단 말이야.
영영 들어오란 말 안 하는 줄 알았네."

우리는 수영했다.
'우리'는.

단 두 글자로 된 단어에도
아주 커다란 힘이 담길 수 있다.

카탈리나와 나는 빙빙 돌고
첨벙거리고
물 밑으로 내려가고
물 위로 올라왔다.
내가 본 어느 다큐멘터리에서
보통은 잘 어울리지 않는
혹등고래 한 마리와 돌고래 한 마리가
바닷속에서 함께 놀던 것처럼.

어떤 면에서도
어울리지 않는 것 같은
우리가
이 지구 위 사람들의 바다에서
서로를 만나
친구가 되었다.

나에게 더 잘해 줘

언니가 내 방 문 앞에 서 있었다.
목적이 있는 게 분명했다.
"원하는 게 뭐야?"

언니가 침대 위 내 옆에 앉았다.
"대화.
그 의자 사건 말이야, 굉장히 속상하네.
그 얘기 하고 싶어서."

"언니가 그 일을 왜 신경 써?"

언니는 얼굴을 찌푸렸다.
"그게 무슨 말이야?"

"엄마나 오빠가 나한테 심한 말 할 때
언니는 절대 안 말리잖아."

언니가 고개를 숙이고는 말했다.
"말렸어야 하는데."

마치 폭풍우 하나가 지나갔지만
또 다른 폭풍우가 다가오려 할 때처럼
무거운 고요함이 흘렀다.

"내가 엄청 좋은 언니는 아니었지.
뭐, 그냥 좋은 언니도 아니었어."

나는 아니라고 하지 않았다.

"맞아, 언니로서 난 아주 꽝이었어.
그래도 리엄처럼 널 심하게 대하진 않았잖아."

"음…… 그래. 그건 참 대단한 거지.
가서 '올해의 좋은 언니 상' 주문해야겠다.
도착하면 알려 줄게.
그때까지 숨 참고 기다리든지."

나는 문을 가리켰다.
"나가! 나 숙제해야 해."

언니가 울적하게 웃어 보였다.
"넌 진짜 웃겨. 그리고
너 같은 동생이 있다니 난 행운아야."
언니가 내 어깨에 손을 얹자
나는 몸을 뒤로 뺐다.
"미안해, 엘리."

"미안하다고 말한다고 해서
지금까지 한 행동들을
돌이킬 수 있는 건 아냐."

"그래, 그래. 네 말이 맞아.
내가 할 수 있는 건
지금부터 더 나은 언니가 되는 것뿐이지.
그렇게 될게. 약속해."

비로소 자매

참을 수 없었다.
내가 아팠던 만큼
언니도 좀 아팠으면 해서,
퍼부어 버렸다.

"여섯 살 때 이후로는
언니한테 진짜 이름으로 불린 적이
한 번도 없어.
그거 알기나 해?"

언니의 눈에 눈물이 고였다.
"내 앞에서 울 생각도 하지 마!
언니는 울 자격도 없어!
다들 나를 첨벙이라고 부르는 게
전부 언니 책임이란 말이야!"

하지만 언니는 참을 수 없었다.
두 손에 얼굴을 묻고
흐느꼈다.

우는 언니를 보아서일까, 아니면
오랜 시간 첨벙이라고 불린 기억이 떠올라서일까.
슬픔의 파도가 밀려와서 덮쳤다.

나는 그 파도에 나를 맡겼다.
너무 무겁고
어둡고
차가워

숨이 멎을 것 같았다.

언니가 고개를 숙이고 속삭였다.
"나, 정말 마음이 아파.
앞으론 네 곁에 있어 주고 싶어."

나는
언니가 두 팔로 나를 감싸도록
언니가 나를 더 가까이 당기도록
내버려 두었다.
언니가 나를 세게,
더 세게 안아 주도록.
오늘 참은 눈물의 둑이 터져 버렸다.
언니도 나도
울음이 멈추지 않았다.

내 이름으로

바닷속의 굴은
어떤 아픈 것을
귀하고도 아름다운 진주로 만들 수 있다.
사람도 그럴 수 있다.

결국 언니와 몇 시간이나 이야기를 나누었다.
우리가 놓친 시간을 만회하듯이.

언니는 내가 의자 사건 때문에 멍든 걸 보고
정신이 번쩍 들었다고 했다.
"계속 이런 생각이 드는 거야.
'걔들이 진짜 엘리를 해쳤다니.
진짜, 정말로 다치게 했다니.
어떻게 그럴 수가 있지.'"

나는 언니에게 말하지 않았다.
사실 그 멍은
그 애들이 던진 말보다는
덜 아팠다는 걸.
언니에게 안 보이는 상처들이 있다는 걸.

아무 말도 하지 않았다.
왜냐하면
머릿속에 한 가지 생각만 가득했기 때문이다.

언니가 나를 엘리라고 불렀다.

세
상
에
없
는
것
같
다

깜짝 소식.
의자 사건으로
아빠가 학교에 항의 전화를 건 뒤로도
머리사와 코트니는 나를 여전히
함부로 대했다는 소식.

이젠 나를
괴롭히는 것이 아니라
무시했다.
그 애들도,
그 애들의 친구들도.

처음에는
무시당하는 게 한결 나은 것 같았다.
하지만 그렇지도 않았다.
사람들이 나를 보고도 못 본 척 지나친다는 건
내 존재가 무의미하다는 뜻 같으니까.
내가 세상에 없는 것 같으니까.
내가 없어도 모두가
아무 상관 없는 것 같으니까.

역사 선생님이 보고서 쓰기 숙제를 내 주었다.
우리 사회에서
시간의 흐름에 따라 변해 온 것에 관해
써야 한다.
나는 체형에 대한 미적 기준의 변천사를
조사하기로 했다.

도서관에서 사서 선생님의 도움으로
믿을 수 있는 인터넷 자료를 찾았고,
수백, 수천 년 전 그림과 조소의 사진들이 담긴
책도 찾았다.
세계의 다양한 문화권에서 태어난
그 예술 작품들 속에
커다랗게 살찐 여자들이 있었다.

나 같은 여자들이 말이다.

살찐 여자들,
심지어 비만인 여자들이
한때는 평범하게 여겨졌고,
더 보기 좋다고 여겨졌고,
아름답다고 여겨졌다니.

그런 세상이라면 얼마나⋯⋯
안전할까.

책장을 넘기며 생각했다.
내가 이 시대에 살았더라면

이 사진 속 주인공이
조각이
예술 작품이
나일 수도 있었겠다.

내 몸이
아름답게 보였겠다.

사서 선생님이 나를 살펴보러 왔다.
"필요한 자료 찾았어?"
"많이 찾았어요.
그리고 진짜 흥미로워요."

"그래.
아름다움의 기준은 시간에 따라 변해.
요즘 우리가 아름답다고 생각하는 것들을
먼 훗날의 사람들은 어떻게 느낄지 누가 알겠어."

선생님이 가고 나서 나는 생각했다.
우리는 모두 서로 다르고,
수많은 면에서 다르며,
그래도 괜찮다는 것을
사람들이 알 수 있다면 좋겠다고.

하지만 그걸 이해하지 못하는 사람이
분명 어느 시대에나 있을 것이다.
중요한 건
내가 안다는 것이다.

폭발하는 분노

이제 우드 선생님이 예상 밖의 행동을 해도
난 그리 놀라지 않게 됐다.
오늘 선생님은 핼러윈 시즌에 맞춰
이상한 나라의 앨리스 속
하얀 토끼 분장을 하고 있었다.

"핼러윈 챙기니?"

"아뇨.
엄마는 과자 많이 주는 날이라고
싫어하고
저는 몸에 맞는 분장이 없어서
싫어해요.
재미없어요."

고개를 끄덕이는 선생님의 토끼 귀가 떨어져
나도 선생님도 웃었다.

내가 건넨 나쁜 말들의 목록을 훑어보다가
선생님이 멈추었다.
"이 단어가 왜 나쁜지 설명해 줘.
'의자.'"

나는 수학 시간에 일어난 일을 설명하고
몸의 멍을 조금 보여 주었다.

선생님이 토끼 수염을 움찔거리며
얼굴을 찌푸렸다.

"이런 괴롭힘을 당해서
분명 화가 날 텐데
엘리, 너는 화를 표현하지 않는 것 같아.
따라와 봐."

밖으로 나가자
선생님이 탄산음료 한 병을 건넸다.
"잘 흔들어 봐."
나는 시키는 대로 하면서도
의심스러운 눈초리로 선생님을 보았다.
"이걸 왜 흔드는 건데요?"

"기다려 봐. 인내는 미덕이란다."
선생님은 토끼 코 때문에
감기 걸린 목소리로 말했다.

"인내는 미덕이지만,
조급함은 재능이에요.
제가 타고난 재능."

선생님이 웃다가 콧방귀를 뀌어
가짜 토끼 코가 들썩거렸다.
나는 계속 병을 흔들었다.
"이제 열어, 엘리."
"그런데 지금 열면—"
"그냥 열어 봐."
"저 분명 경고했어요, 선생님."

탄산과 거품으로 된 분수가
우리를 덮쳤다.

"화를 꾹꾹 누르기만 하면
이렇게 돼.
너무 꽉 눌려 있다 보니
열었다 하면
엉망진창으로 뿜어져 나오는 거야."

책이 가득한 수레를 밀고
도서관으로 가는
사서 선생님을 만났다.
"이 책 카트가 소설 속 인물이라면
'카트'니스 에버딘일 거예요.
조용하고 은밀하게 움직이는 캐릭터."
내가 선생님과 나란히 가며 말했다.

선생님이 웃었다.
"하여간 재치가 넘친다니까.
그 말 하고 보니 생각나는데,
네가 도서관 자원봉사자로
제격이겠다, 싶어.
책을 책장에 꽂고
도서관 이곳저곳을 꾸미는 일에
도움이 좀 필요해.
원한다면 점심을
도서관 작업실에서 먹어도 돼.
관심 있니?"

도서관에서 자원봉사를 하면 점심때
코트니와 머리사에게서 떨어져 있을 수 있다.
이따금이 아니라
매일같이.

"네, 아주 관심 있어요!"

"자원봉사자가 늘 맡아 줄 일은

새로 나온 책 진열인데,
너라면 다른 진열의 주제를 정하는 것까지
다 맡길 수 있을 것 같아.
게시판을 포함해서
몇몇 진열 구역이 있거든.
네가 그곳들도 꾸며 볼래?"

"아이디어는 진짜 많은데
그림이나 꾸미기는 잘 못해요."

"괜찮아.
너랑 그걸 같이 하면 딱 좋은
짝을 알거든."

다음 날 내가
'괴롭힘'을 주제로 책을 모을 때
적 3호가 도서관으로 들어왔다.

완전히 쓰레기

"멋진 글 작가가
멋진 그림 작가와 같이 작업하게 됐네.
둘이 함께 근사한 걸 만들 수 있을 거야."
사서 선생님은 말했다.
곧 도서관엔 우리 둘만 남았다.
둘이서 게시판을 꾸미고
'괴롭힘'에 관한 책을 진열해야 했다.

적 3호는 내가 꺼내 놓은 소설들을 훑어보았다.
"전부 외모 때문에
괴롭힘을 당하는 이야기잖아.
괴롭힘을 당하는 데는
다른 이유도 많다고.
내가 괜찮은 책을 하나 알아."
적 3호는 서고에 갔다 오더니
가족 때문에 놀림을 당하는
남자아이에 관한 책을 내밀었다.

나는 내 아이디어를 이야기했다.
"전체적으로 쓰레기통이 진열의 중심이야.
주머니 두 개를 만들어서
하나에는 아무 말도 안 쓰인 카드들을 넣고,
다른 하나에는 멋진 책 속 글귀가 적힌 카드를 넣어.
예를 들면 《나무 위의 물고기》에 나오는
'내가 다르게 보인다면 그건
보는 사람의 시선이 틀렸기 때문이야.'
같은 글 말이야.
그리고 게시판에 이렇게 적어 두는 거야.

'마음속 쓰레기를 비우세요.
당신을 괴롭히는 사람이 내뱉은 나쁜 말로
마음을 채우지 마세요.
그런 말은 쓰레기통에 버리고,
비워 낸 그 자리를 좋은 말로 채우세요.'
시선을 끌도록
밝은색을 써도 좋을 거야."

"그래도 되겠네."
녀석이 게시판을 빤히 보았다.
내가 아는 눈빛이었다.
비브가 아이디어를 뿜을 때면 보이던 눈빛.
녀석은 스케치북과 색연필을 집어
얼마간 무언가를 그리더니,
스케치북을 내게 슥 밀었다.
까만색, 빨간색, 파란색, 보라색을 사용한 그림이었다.
훌륭했다.
감탄이 나오도록.

"왜 이 색들을 썼어?"

"몸에 멍이 들면 보라색이잖아.
분노는 빨강이고,
슬픔은 파랑이고."

"그러면 까만색은?"

녀석이 다시 스케치를 시작하며 말했다.

"괴롭힘을 당할 때 기분이
꼭 그렇잖아."

나는 생각하지 않고 내뱉어 버렸다.
"괴롭힘을 '당하는' 기분을 네가 어떻게 알아?
너는 괴롭히는 쪽이잖아."

녀석의 얼굴이 새빨개졌다.
내가 자기를 한 대 치기라도 한 것처럼.

"이 학교에서
애들이랑 잘 어울리지 못하는 게
너뿐인 줄 아냐, 첨벙아."
이렇게 웅얼거린 녀석이
다시 그림을 그리고
판지를 잘랐다.

그때 나는 깨달았다.
적 3호는 괴롭히는 아이일 뿐 아니라
괴롭힘을 당하는 아이이기도 했다.
가난하기 때문에.
다 해진 옷을 입고 오기 때문에.

하지만 괴롭힘을 당해 보아서
그 기분이 얼마나 끔찍한지 아는 아이가
뒤돌아서면 다른 아이를 괴롭힌다고?
도무지 이해할 수가 없다.
완전히 쓰레기 같은 그 행동을.

재빨리 집어넣었다

카탈리나와 나는 정말로 수영을 하고 싶었다.
이제 수영은 우리가 함께 즐기는 일이 되었다.
하지만 폭풍우 치는 날씨가 문제였다.
그래서 우린 내 방에서
음악을 듣고,
기다란 막대 젤리를 마이크 삼아
노래를 따라 불렀다.

우린 이제 정말 친해져서
서로에게 거의 모든 것을 이야기했다.

나는 엄마가 주방 식료품의 수량을
모조리 세고 확인한다는 것까지 이야기했다.
그래서 카탈리나는
기타뿐 아니라
과자도 가져오기 시작했다.
"난 가방을 늘 꽉 채워 놓지."
카탈리나가 과자 양념으로 범벅이 된
손가락을 핥았다.
"으으,
그래도 빨갛다."
카탈리나는 손을 씻으러 화장실로 갔다.

그사이에 나는
우리가 먹은 과자 껍질들을
카탈리나의 가방에 재빨리 집어넣었다.
내가 왜 그랬는지
카탈리나는 이해할 것이다.

거울이 없네

누군가를 집에 초대할 땐
잊기 쉽다.
나한테는 평범한 것도
남에게는 아주 이상하게 보일 수도 있다는 걸.

카탈리나가 내 방을 둘러보며 말했다.
"나 방금 뭔가 발견했어.
아무 데도 거울이 없네."

"얘기해도 이해 못 할 거야."

"일단 해 봐. 이해하려고 노력해 볼게."
책상다리를 하고 앉은 카탈리나가
기타를 부드럽게 연주했다.
마치 마음을 진정시키는 자장가 같았다.

어쩌면 그래서 나는 이야기를 시작했을 것이다.

우선 마지팬 하나를 베어 물었다.
그 고소한 과자가 부드럽게 부서져
설탕 파우더처럼 입에서 녹았다.
화장실 거울을 떼어 내던 기억의 쓸쓸함을
조금은 달래 주었다.

"엄마가 나를 거울 앞에 세우고는
내 몸이 왜 문제인지
하나하나 지적한 적이 있거든.
그날 이후로는 쭉 거울이 없었어."

카탈리나에게는 말하지 않았지만,
엄마가 그때 한 말은 정확히 이것이었다.
"허벅지에 있는 그 셀룰라이트.
팔에 있는 튼살.
배에 있는 뱃살.
넌 네 몸이 부끄럽지도 않아?"

거울은 보기보다 무겁다.
그날 애써 벽에서 떼어 내다
떨어뜨린 거울이
산산조각으로 부서졌다.
부서진 거울에
조각조각의 내가 비쳤다.

그때 깨달았다.
그게 바로 사람들의 눈에 비친 나였다.
한 명의 사람이 아니라
조각조각의 살덩어리인 나.

무한 반복

"엄마가 옛날부터 늘 너한테 심하게 대하셨어?"
카탈리나가 물었다.

나는 한숨을 내쉬었다.
"엄마는 끝없이 다이어트를 시켜.
내 몸을 날씬하게 만들어 줄
기적의 다이어트를 찾아 헤매.
지금도 난 엄마가 시키는 다이어트 중이야.
옛날부터 늘 그랬어."
나는 초코바 껍질을 뭉쳐
카탈리나에게 던지고는 싱긋 웃었다.
"가끔은 내가 왜 굳이 다이어트를 하는지도
잘 모르겠어.
그러니까……
나는 내가 뚱뚱한 게
그렇게 싫은지 모르겠거든.
뚱뚱하다는 이유로
사람들이 나한테 하는 행동이
싫은 거지."

"다이어트는 효과가 없어?"

"가끔 있을 때도 있는데
그것도 잠시야.
효과다운 효과는 없어.
꼭 사람을 미치게 하는 수레바퀴에 갇혀서
돌고 도는 것 같아.
약간 과체중인 꼬마였는데

사람들이 뚱뚱하다며 상처를 주잖아.
그러면 수치심을 잊으려고 더 많이 먹지.
그러면 사람들이 더 상처를 주고,
그러면 더 먹고.
그렇게 무한 반복이야."

"그럼 넌 꼬마 때부터 쭉
놀림을 당한 거야?"

"놀림이 아니라 괴롭힘이 맞는 말이야.
그리고, 응.
괴롭힘은 늘 있었어.
학교에서도
힉교 밖에서도
심지어 집에서도.
괴롭힘이 멈추는 날은 올 것 같지가 않아."

"미쳤다, 진짜."
카탈리나가 팔을 뻗어서 나를 안아 주었다.
꼭 비브가 그랬던 것처럼.

진전이 있다

사람들이 던진 아픈 말들을 보여 달라는
우드 선생님에게
나는 조그마한 관을 내밀었다.

선생님이 그 관 모양 상자를 손에 쥐고 돌렸다.
"그 관 안에 넣어 놔요."

"음, 확실한 건
선생님이 매번 너한테 놀란다는 거야.
왜 관에 넣는데?"

핼러윈이 지나 떨이로 팔았기 때문이라고
말할 수도 있었지만,
그것도 사실이었지만,
나는 숨김없이 말했다.

"일기를 쓰다 보니 알게 된 건데,
제가 제 기분을
묻어 버리더라고요.
그래서 관이 딱 맞는 것 같았어요."

선생님이 미소를 지었다.
"우리 좀 진전이 있는 것 같은데."

"제가 저한테 하는 나쁜 말들도
거기 적었어요.
뚱뚱한 여자아이의 규칙 중에
그런 게 있거든요.

'남들이 너를 괴롭히는 것만큼,
아니면 그것보다 더 심하게
너 자신을
괴롭혀라.'"

"뚱뚱한 여자아이의 규칙이라는 것 말이야,
좀 더 자세히 얘기해 볼까."
선생님이 페이지를 넘겨 보며 말했다.
"이 규칙들에 따라서 살아가는 거야?"
나는 고개를 끄덕였다.
"규칙이 무진장 많은데, 엘리."
"그리고 제가 계속 추가해요.
그 규칙들을 잘만 따르면
사람들이 지를
괴롭히지 않을 줄 알았는데,
뭐, 그런 일은 일어나지 않았죠."

선생님은 뚱뚱한 여자아이의 규칙을 가져가서
살펴봐도 괜찮겠느냐고 물었다.
괜찮다고 했다.
어차피 나는 다 외웠으니까.

내 생일을 축하해

엄마, 아빠에게서
비행기 모양의 생일 카드를 받고
두 가지 사실을 알게 됐다.
내가 추수 감사절 연휴에
비브를 만나러 가게 됐다는 것.
그리고 아빠가 이 기회를 선물해 주었다는 것.

아빠가 두 팔로 나를 안았다.
아빠는 세상에서 가장 기분 좋은 포옹을 한다.
숨 막히지는 않을 만큼 꼬옥 안아 주어,
나는 그 따뜻함과 사랑으로
마음이 그득해진다.

나는 엄마와도 슬며시 안았다.
엄마에게 내 살덩이가 느껴지지 않게 하려 애썼다.
엄마와 나의 포옹은
맞지 않는 퍼즐 조각을
억지로 맞추려는 일 같다.

엄마가 나를 놓으며 말했다.
"그럼 엘리, 가서 꼭—"
아빠가 끼어들어 헛기침했다.
엄마는 한숨을 쉰 다음 말을 이었다.
"—꼭 좋은 시간 보내도록 해."

나는 그럴 것이다.
엄마가 없는 곳에서.

187

음식으로 가까워지는 우리

카탈리나가 이른 추수 감사절 만찬에
나를 초대했다.
추수 감사절 당일은
멕시코에서 보낼 것이기 때문이다.

카탈리나네 집에는 친척들이 가득했고,
부엌에 들어서자
그곳에 살고 싶어졌다.
카탈리나의 엄마와 친척 어른들이
온갖 음식을 만들고 있었다.
꿀 발라 구운 햄,
매콤하게 양념한 칠면조 고기와 몰레 소스,
타말레, 토르티야,
할라피뇨를 넣은 옥수수빵,
쌀, 콩,
또 내가 모르는 여러 음식들.
냄새가 기가 막혔다.
모두 스페인어와 영어를
번갈아 쓰며 대화했다.
가끔은 한 문장 안에서도 언어를 섞어 썼다.
우리 할머니가
히브리어를 썼다가 영어를 썼다가
영어에 이디시어를 섞어 썼다가 했던 것처럼.

밥을 먹을 때가 되자 모두
의자 뺏기 게임을 하듯 후다닥 와서
한 자리씩을 차지했다.

188

카탈리나의 아빠와 할아버지가 올린
감사의 기도가 끝나자,
모두가
빈 그릇과 접시를 손에서 손으로
서로에게 건네주었다.

각자 먹을 음식을 다 담고 나자
식사가
수다가
웃음이
시작되었다.
내가 뭘 먹는지
감시하는 사람은 없었다.

저녁을 먹은 뒤 게임을 하고,
디저트로 호박 엠파나다와 플랑을 먹으며
웃음소리는 더 커졌다.

집으로 향할 때
나는 무척 행복하고 느긋해져 있었다.
저녁을 먹은 후 이런 기분일 수 있구나.
우리 가족의 저녁 식사와는 너무 달랐다.
우리 집에서 저녁을 먹고 나면
나는 몸에 쥐가 난다.
조금이라도 공간을 덜 차지하려고,
조금이라도 몸을 작게 만들려고
어깨와 다리를 한껏 웅크리느라.

오늘은 그럴 필요가 없었다.

카탈리나네 가족이 알려 주었다.
음식 때문에 우리가 멀어지는 것이 아니라
가까워질 수 있다는 것을.

감사하게도.

추수 감사절의 기도

우리 집의 추수 감사절 만찬이 끔찍하리라는
첫 번째 신호는
그릇에 담긴 음식을
손가락에 푹 찍어 먹은
오빠였다.
오빠는 곧바로 음식을 뱉어 버렸다.
"감자 으깬 거 상했어요."

"콜리플라워 으깬 거야."
엄마가 말했다.
"감자보다 탄수화물이 적고 칼로리가 낮아.
그리고 음식에 손가락 넣지 마."

썰어 둔 칠면조 가슴살이 담긴 접시를
아빠가 모두에게 돌렸다.
그다음으로는 찐 방울양배추와
으깬 콜리플라워가 담긴 그릇을.

내 접시에는 이미 엄마가
허락하는 만큼의 음식을 담아 두었기에,
나는 그저 풍요의 뿔 모양을 한
소금과 후추 통을 바라보며
아빠의 추수 감사절 기도를 기다렸다.

나는 소리 없는 기도로,
셰익스피어 스타일로,
소행성이 떨어져 주기를 기원했다.
'아아, 소행성이여, 소행성이여.

그대는 어디에 계시오, 소행성이여?'

"다른 음식은 어디 있어요?"
오빠가 부엌을 두리번거렸다.
"칠면조 다리는요?
그레이비소스는요?
크랜베리 소스는요?
샐러드드레싱은요?
옥수수수프는요?"

"그런 건 다 지방이랑
탄수화물, 설탕 덩어리야."
엄마가 방울양배추를 포크로 찍으며 대답했다.

"그럼 우리는 이제
추수 감사절에도 보통 사람들처럼 못 먹어요?
항상 다 엘리 중심이잖아요.
난 제대로 된 음식 있는 데로 갈래요.
친구네 집 어딘가는
날 받아 주겠죠.
나 나가요."

제멋대로 달리는
기차에 뛰어들듯,
아빠가 자리에서 일어서
오빠 앞을 막아섰다.

"엘리한테 사과해. 당장!"

오빠가 나를 보았다.
"네가 뚱뚱한 덕분에
우리가 다 고생해서 유감이다."

"리엄 아이작."

"너 때문에 다 엉망이라서 유감이야."

"리엄 아이작 몽고메리 호프스타인."

"네가 내 동생이라서 유감이야."

"안 되겠다.
차 열쇠 내놔."
아빠가 오른손을 내밀었다.
오빠가 주머니를 뒤져 꺼낸 열쇠를
공중에 들었다.

"언제 돌려줄 건데요?"

"2주 동안

동생 모욕하는 말 하지 않으면.
한 번이라도 하면
그때부터 다시 2주를 센다."

"그건 부당하죠!"

"그러네.
2주가 아니라 한 달로 하자."

날 모욕하는 말을 하지 않고
한 달을 버틴다?
오빠가 그걸 해낼 확률은
소행성이 떨어질 확률보다 낮다.

이
룩
했
습
니
다

비행기가 활주로를 달리자
의자가 덜덜 떨렸고
험한 길을 달리는 자동차처럼
삐걱삐걱 소리가 났다.

곧 비행기의 앞부분이 공중에 떴다.
쿵 하며 이착륙 기어가 움직였고
새들이 날 때 다리를 집어넣듯
비행기가 바퀴를 숨겼다.

우리 학교, 우리 집,
너무 크고 버겁게만 느껴지던
모든 것이
갑자기 작아지고
천천히 사라졌다.

나는 다 벗어나게 됐다, 잠시.

새처럼 자유롭게.

다리 뻗기

두 좌석이 다 내 것이라서
당당히 자리를 차지해 보았다.
창에 고개를 대고
의자 사이의 팔걸이를 집어넣고
두 다리를 뻗었다.

가족 여행을 가느라 비행기를 탈 때면
나는 나와 다리가 닿아도 상관하지 않는
아빠 옆자리를 차지한다.
하지만 혼자 비행하게 되었으니,
두려웠다.
뚱뚱한 여자아이의 살이
자기 자리로 흘러내린다며
분통을 터뜨릴 사람 옆에
앉게 될까 봐.

조이 이모는 비행기에서
내쫓긴 적이 있다.
이모는 원치 않았는데도,
모두가 보는 가운데 좌석 사이를 걸어
비행기에서 내려야 했다.
뚱뚱한 사람 옆자리에는 앉기 싫다는 불평이
SNS에 많이 올라오는 것도 나는 안다.
아빠도 안다.
아빠는 그래서 두 좌석의 표를 사 준 것이다.

아마 엄마 몰래 그렇게 했을 것이다.

코코모에서

"'코코모'라는 바다 노래도 있건만,
이 주변에 바다는 없고,
너울거리는 건 옥수수밭, 콩밭뿐이야.
그나마 그것도 지금은 다 추수됐어."
비브가 말했다.

인디애나폴리스에서 코코모까지
한 시간쯤 차를 타고 가는 동안
우린 거의 숨도 안 쉬고 수다를 떨었다.

"다음에는 여름에 올래."
나는 호호 불어 손을 녹였다.
"이렇게 추운 데서
어떻게 사람이 살아?"

"뜨거운 음식이 몸을 꽤 녹여 주지."
비브네 집에 도착할 때쯤
비브 엄마가 말했다.
아주머니는 총총히 부엌으로 갔다.

부엌에서 음식이 준비되면서 풍기는
달큼한 빵 냄새가
내 혀의 맛봉오리를 자극했다.

화이트보드가 눈에 들어왔다.
'오늘 시험 파이팅.'
'사랑해, 엄마.'
'나도 사랑해, 우리 딸.'

거기에 적힌 많은 메모들을
나는 자꾸 읽어 나갔다.
살 빼기에 관한 기사는
단 하나도 붙어 있지 않았다.

아이디어 하나가 떠올랐다.
우리 집 냉장고를 위한 아이디어가.

사랑의 블랙홀

잠자리에 들기 전엔
설탕 파우더 같은 눈이
나무 위에 내려앉고 있었다.
아침에 일어나 보니
15센티쯤은 쌓인 눈이
케이크의 묵직한 바닐라 크림처럼
나뭇가지를 휘어 놓았다.

"오늘 뭐 할래?"
비브가 물었다.
"우리 집에 스키도 있는데,
타 보고 싶어?"

스키를 타는 나를 상상하자
제멋대로 미끄러진 다리가
프레츨처럼 꼬이거나
일자로 쫙 벌어지는 장면이 떠올랐다.
안 될 일이지.
나는 다른 아이디어를 제안했다.
"눈사람 만들자!"

텍사스에서 눈은 흔하지 않고
비브도 인디애나주에 와서
처음 보는 진짜 눈이어서
우리는 여러 번 시도해 보고서야
눈 뭉치는 법을 터득했다.

세 개의 커다란 눈덩이를 쌓아 만든

우리의 눈 여인은
비뚜름하게 섰다.
맨 밑의 눈덩이보다 가운데 눈덩이가
더 크게 만들어졌기 때문이다.
"완벽하지 않은 채로 완벽해, 우리처럼."
나는 이렇게 말하며
비브와 마지막 손질을 했다.

춥고 몸이 젖어,
우리는 안으로 대피했다.
비브가 토마토수프를 데워 주고,
끝내주는 구운 치즈 샌드위치와 핫초코를
재료부터 준비해 직접 만드는 법을
가르쳐 주었다.

우리는 그걸 먹으며
옛날 영화 <사랑의 블랙홀>을 보았다.
기상 예보관인 남자 주인공 필이
똑같은 하루를 자꾸만 다시 보내게 된다.
완벽한 하루를 보낼 때까지 말이다.
비브와 함께한 오늘 하루는
다시 보낼 수가 없다.

이미 완벽한 하루였으니까.

공놀이

인디애나주에서 농구란
텍사스의 미식축구와 같다.

혜성 팀 마스코트로서 활약하는 비브를
직접 보게 됐다.
비브는 관중들의 열기를 끌어올리고
꼬리로 악단을 지휘하고
팬들에게 학교 유니폼 티셔츠를 던지고
치어리더들과 같이 춤을 추었다.

선수들이 코트 위를 이리저리 달리자
운동화는 끽끽거리고
농구공은 맑게 울리며 쿵쿵거렸다.
우리 편이 점수를 땄다.
상대편도 땄다.
경기 내내 자꾸 동점이었다.
결국 연장전을 치렀다.
연장전을 한 번 더 치렀다.
시계에 7초가 남았을 때
우리의 혜성 팀 선수가 공을 빼앗아
하프 코트로 패스했다.
다른 선수가 슛을 쏘았다.
슝!
3점 슛.
그물이 찰랑.

이겼다!
경기가 끝난 뒤, 나는 목이 쉬어

말이 잘 나오지 않았다.
완벽한 여행의
완벽한 마무리였다.

메시지가 전달됐을까

일찍 일어난 것이 아깝지 않았다.
부엌에 들어온 엄마가
짓는 표정을 보니 말이다.
냉장고 문 앞에서.

그리고 부엌 곳곳에서.

내가 벽지처럼 빼곡히 기사를 붙여 두었다.
엄마 보라고.

그중 특히 내 맘에 드는 내용은
가족이 던지는 말 때문에
과체중 자녀의 부정적인 자아상이
더욱 나빠진다는 걸 보여 주는 연구들.

학교의 또래 아동과 교사들도
비만 아동을 놀리지만,
가정의 부모 역시
그 아이들을 괴롭힌다는 걸 보여 주는 연구들.

부모는 자녀의 몸을 평가하는 말을
하지 말아야 한다.
그건 이 사회가 이미 지나치도록 하고 있다.

엄마는 말이 없었다.
어쩌면 메시지가 전달됐을까.

다음 상담에서 우드 선생님은 물었다.

최근 나 자신을 지키고 변호한 적이
있느냐고.
나는 부엌에 붙인 기사 이야기를 했다.

"기발한 아이디어다!
누군가에게 이해받기 위한
좋은 방법 중 하나가
상대의 언어를 배우고
그 언어로 소통하는 거야.
어머니가 지금도
부엌에 살 빼기 기사를 붙이시니?"

"붙이고 싶어도 못 붙여요.
제가 붙인 기사 때문에 지리기 없거든요.
사방에 다 붙여 놨어요.
엄마 아빠 방 문에다가도
붙이기 시작했어요."

나는 뭘 원할까

누군가가 나를 알아 가는 만큼
두려움도 커질 수 있다.
"읽어 보니 어떠셨어요?"
뚱뚱한 여자아이의 규칙을 돌려주는
우드 선생님에게 물었다.

"확실히 잠들기 전에 읽기 좋은
가벼운 장르는 아니더라.
선생님이 보기에,
이 규칙들을 지키고 살면
매일
매 순간
자기 몸에 대해서 생각하고
자기 몸을 싫어하게 될 것 같아."

"이 사회가 그걸 원해요."

"네가 원하는 건?"

"그건 아무도 안 물어보던데요."

"내가 방금 물었잖아."

나는 소파 쿠션을 배에 놓고
끌어안고는
쿠션 가장자리에 달린 수술을
꼬고 또 꼬았다.
수술의 구멍에 끼워 넣은 손가락이

하얗게 될 때까지.

"제가 원하는 건
사람들이 저를 받아들이는 거예요.
저라는 사람을 있는 그대로 받아들이는 거요."

"그럼 너라는 사람은 누구니, 엘리?
몸의 크기에 대해서는 말하지 말고
너를 묘사해 봐."

나는 쿠션을 더 높이
끌어안았다.
심장 가까이에 대었다.
"못 하겠어요."

선생님이 메모지를 내려놓고 말했다.
"뚱뚱한 여자아이의 규칙이 왜 문제냐면,
네가 세상을 살아가는 방법뿐 아니라
자기가 누구인지까지도
그 규칙에 따라 결정하기 때문이야."

괴롭히는 쪽이 되어 보자

"우리 연습을 하나 해 보자."
이렇게 말한 선생님이
손가락으로 입술을 두드리며 고민했다.
"뭘로 하지?
흠, 흠, 흐ㅇㅇㅇㅇㅇ음……."

"그냥 말하세요.
어서요!"
다시 쿠션을 배에 두고
끌어안았다.

"네 몸 아무 데도
감출 필요 없어, 엘리."
선생님이 말했다.
"선생님은 네 전체를 봐.
네 전부를 받아들여."

나는 쿠션을 끌어안았던 이유를
비로소 깨닫고
그대로 굳었다.
쿠션을 내려놓았다.

"쿠션이 없으니까 기분이 어때?"

"보호받지 못하는 기분?
좀 벌거벗은 것 같고요."

"잠시 그 상태로 있으면서

어떻게 느껴지는지 볼래?"

나는 고개를 끄덕였다.

"좋아.
혹시 다른 사람이 되는 꿈,
꿔 본 적 있어?"
"네, 자주는 아니고 매일매일 정도."
"오늘은 그 꿈이 이루어지는 날이야."
"앗, 상담사이신 줄만 알았지,
요정이신 줄은 몰랐네요."
"뭐, 그렇게 됐다.
내가 숨은 능력이 좀 많아."

선생님이 미술용품이 있는 탁자로 가서
펜 끝을 반짝이 가루에 담갔다가
그 펜을 마법 지팡이처럼 휘두르며
빙글빙글 돌았다.

"비비디 바비디 부.
너는 이제 머리사야.
나는 너고."

나를 진짜 머리사로 만들려면
심장도 빼내 버려야 했지만,
나는 일단 최선을 다하기로 했다.

"선생님은 이걸 셔츠 안에

넣으셔야 해요.”
나는 선생님에게 쿠션을 던졌다.

나는 일어섰고,
선생님이 앉은 의자 주변을
빙글빙글 돌며
선생님을 내려다보았다.
밉고 볼록하게 솟은 쿠션을 보니
내 한쪽 입꼬리가 올라갔다.
“넌 너—무 뚱뚱해.
고래도 너랑 있으면 자기가 날씬한 것 같을걸.”

“그렇게 말하는 건
너무 심하잖아.”

“심한 건 너야.
너를 보느라 내 눈이 고생이지.”

“날 왜 그렇게 함부로 대해?”

나는 몸을 숙여
얼굴을 마주 보며 대답했다.
“넌 그렇게 대할 만한 애니까.”

당연한 일

마법이 진짜라면,
마법 지팡이로
모든 것을 고칠 수 있다면 얼마나 좋을까.

선생님이 다시 펜을 흔들며 말했다.
"비비디 바비디 부.
바뀌어라, 짠!
이제 나는 머리사.
너는 너."

나는 의자에 앉고
선생님은 일어섰다.
"너는 괴롭힘을 당해도 싸."
미리시 흉내는 니보디 선생님이 전문기었다.
급소를 바로 공격하다니 말이다.
나는 뜨거운 핫초코에 빠진
조그만 마시멜로처럼
빠르게 녹아 갔다.
차츰 작아지고……

선생님이 몸을 숙여,
우리는 다시 가까이서 마주 보았다.
"맞잖아, 인정해."

……더 작아지고……

"인정하라고!"

……결국 없어졌다.

나는 고개를 끄덕였다.

선생님이 의자를 끌고 와 옆에 앉았다.
이제 누구도 누구를 내려다보지 않았다.
"그런 미움을 받을 만하다고 생각해서
맞서지 않는 거구나."

나는 고개를 끄덕였다.
고개 끄덕이는 인형 흉내를
기가 막히게 냈다.
"전 뚱뚱해요. 그러니까
사람들이 저한테 심한 말,
심한 행동을 하는 건
다 당연해요."

"아니야, 엘리.
당연하지 않아.
몸무게가 몇이건 관계없이
너는 감정을 가진 한 사람으로서
대우받아야 해."

목구멍이 메어 와서
숨이 안 쉬어지는 것 같았는데,
그저 침이 삼켜지지 않는 거여서
허억, 공기를 들이마셨다.

하지만 나는 감정을 가진 한 사람이 아니다.
아닌 것 같다.
나는 이 '뚱뚱한 것'이다.

내 엄마가 그렇게 말했다.

요술봉을 휘두르자

<신데렐라>에서처럼
마법의 효력에는 끝이 있었다.
선생님은 다시 펜으로 돌아온 요술봉을 쥐고
필기 준비를 했다.
"우리가 방금 한 건
'역할극'이라는 거야.
내가 남이 된 것처럼
생각하고 보고 느낄 수 있고,
나를 남의 눈으로
볼 수 있는 기회이기도 해.
하면서 뭘 느꼈어?"

"선생님이 제 흉내를 내시려면
연습을 많이 하셔야겠다는 거요."
선생님이 자기 심장에서
칼을 뽑아내는 척했다.
"그리고 제가 저를 괴롭히는 사람들한테
너무 많은 권력을 준다는 거요.
내가 나를 어떤 눈으로 봐야 하는지,
어떻게 느껴야 하는지를
그 사람들이 정해서 나한테 통보해요.
어떻게 하면 그걸 바꿀 수 있을까요?"

선생님의 입이 귀에 걸렸다.
"기다렸던 질문이네."

선생님은 두 가지 숙제를 내 주었다.
첫째,

엄마에게서 언제 상처를 받는지
엄마에게 말하기.
만약 혼자 말하기가 편하지 않으면
말하는 동안 옆에 있어 달라고 아빠에게 부탁하기.
둘째,
사실이 아니며 부정적인 내 생각들을
사실이며 긍정적인 생각으로
바꾸어 나가기.

이 숙제를 받으니
적 3호와 함께 도서관에 꾸민
쓰레기통 게시판이 생각났다.

하지만
나에 대한 남의 생각보다
훨씬 더 버리기 어려운 게
나에 대한 나 자신의 생각이다.

개
똥

나사돌리개와 대범한 마음의 힘을 빌려
생각 바꾸기 연습을 좀 해 볼 것이다.

월요일마다 엄마는 나를
체중계에 올라서게 한다.
오늘, 엄마가 쿵쿵거리는 발걸음으로 부엌에 왔을 때
나는 아침밥을 먹고 있었다.
"그거 어디 있어?"

"쓰레기통에."
나는 요구르트의 마지막 한 숟가락을 먹고,
엄마는 쓰레기통을 뒤졌다.
나는 나사돌리개로 분해한 체중계의 모든 부분을
쓰레기통에 묻어 두었다.
내가 버린 개똥 바로 밑에.
엄마 손에 온통 개똥이 묻었다.

"너! 외출 금지인 줄 알아!"

누구나 그렇듯 나도
엄마에게 맞설 권리가 있다는 것,
엄마의 반응이 썩 좋진 않으리란 것까진
우드 선생님과 이야기한 부분이다.
개똥을 개입시키는 건
우드 선생님과 이야기하지 않은 부분이다.
이런, 이런.
개똥 같은
나의 실수.

"너, 이게 뭐 하는 짓이야?"
엄마가 구역질하며 싱크대로 뛰어갔다.

"다시는 엄마가 내 몸무게를
재지 못하도록 하는 거야."

사실이 아니며 부정적인 생각:
몸무게가 높을수록
내 가치는 낮아진다.
사실이며 긍정적인 생각:
체중계의 수치는
나의 가치를 결정하지 않는다.

나
는
엘
리
야

국어 시간에 선생님은
각자 읽은 책을 간추려 말하고
거기 담긴 좋아하는 글귀도 소개해 보라고 했다.

《나의 고래를 위한 노래》에서
소개하고 싶은 글귀가
곧바로 떠올랐다.
손을 든 나를 선생님이 지목했다.
"그 고래는 '고쳐질 필요가 없었다.
자기만의 노래를 부르는 고래였다.'라는
부분이 정말 마음에 와닿았어요.
정말 좋은 책들은 그러는 것 같아요.
우리가 자기 자신을
남을
세상을
보는 방법을 생각하고
또다시 생각하게 해 줘요.
나와는 다른 사람들을
향한 감정,
내 안에 있는지조차 몰랐던
감정까지도요."

'자기만의 노래를 부르는 일'의
예를 들 수 있겠느냐고
선생님이 물었다.

"음, 스스로 생각하는 대신
자기 목소리를 내는 대신

무작정 남들을 따르는 사람들이 많아요.”
나는 코트니와 눈이 마주쳤다.
“남과 달라도 괜찮아요.
우리 모두 서로 달라요.
마음속으론 다들 자기가
있는 그대로 받아들여지기를 바라요.
그러면서도 주변에 맞추려고
남들을 따라 행동하는 거죠.”

“네가 뭘 알아?
그 몸은 아무 데도 맞지 않잖아.”
코트니가 속삭였다.

니는 고래고
코트니는 사냥꾼이다.
언제나 작살 같은 혀로
날 공격할 준비가 되어 있다.

우드 선생님의 말을 떠올렸다.
사실이 아니며 부정적인 내 생각들을
사실이며 긍정적 생각들로 바꾸자.

그래서 스스로에게 말했다.
‘나는 고래가 아니야.
엘리야.’

함께한다는 것

"올라(Hola : 안녕)."
일주일이 지나 외출 금지가 끝나고
카탈리나네 집에 놀러 가자
소냐 아주머니가
대문을 열어 주며 인사했다.
"카탈리나는 방에 있어.
청소를 끝냈어야 할 텐데.
아깐 방이 얼마나 엉망이던지."
소냐 아주머니가 고개를 절레절레 흔들었다.
"어휴, 녀석 참.
이럴 때 네가 뭐라고 했더라?
오이 베이(Oy vey : 저런, 쯧쯧)?"

나는 아주머니와 함께 웃었다.

"난 다시 부엌에 간다.
저녁으로 네가 좋아하는 걸 만들고 있지.
'닭고기 엔칠라다.'"

입에 침이 고였다.
"그라시아스(Gracias : 감사합니다)!"

"에르마나(Hermana : 동생), 왔어?"
내가 계단을 올라가자
하비에르, 나탈리아, 이사벨라가 거실에서 외쳤다.
나도 인사했다.
"올라!"

내가 너무 자주 와서
우리는 가족이 되었고
우리는 서로의 언어로 말한다.
함께한다는 것은 기분 좋은 일이다.

"방 괜찮은데."
방에 들어온 나는
벗은 재킷을 걸어 두려고
옷장 문손잡이를 잡았다.

"안 돼! 열지 마!"
카탈리나가 급히 옷장 앞을 막아섰다.
"내가 여기 뭘 좀 집어넣은 것 같아.
집어넣었을 거야.
아마도.
열지 마, 그냥.
헬멧을 쓸 거거나,
오늘 특별히 운이 좋은 거 아니면."

방 안 잡동사니가 모두 사라져서 그런지
벽에 가득한 음악 포스터 사이의 지도가
처음으로 보였다.
문장 가운데의 붙임표처럼 눈길을 끈 그것은
'멕시코-미국 전쟁'이 일어나기 전의
멕시코 지도였다.

많은 사람이 카탈리나를
이 땅에 속하지 않는다는 듯

냉대하곤 하지만,
텍사스는
나의 고장이기 이전에,
우리들의 땅이기 훨씬 전에
카탈리나네 나라의 일부였다.

부당하다.

하
누
카
의

기
적

카탈리나가 '하누카'를
유대인들의 크리스마스쯤으로 알고 있어
내가 제대로 알려 주었다.
그리고 그 빛의 축제 기간의 안식일을
카탈리나와 함께 보냈다.

우리 집 뒷마당에 사람들이 모였고
아빠는 종일 훈연기로
정성스레 고깃덩어리를 구웠다.
나누어 먹으려고 한 덩이 더 구웠다.
아빠는 잘 굽는 요령과 기술을 알려 주면서도,
절대 자기만의 레시피는 알려 주지 않았다.

텍사스에서 바비큐는 하나의 종교와 같다.

하누카의 기원인 마카베오의 기적에
기름이 중요한 역할을 한 것이
나는 고마울 뿐이다.
덕분에 우린
감자 라트케,
블랙베리 잼을 넣은 수프가니아처럼
기름에 튀긴 음식을 푸짐하게 즐길 수 있다.

하누카의 진짜 기적은
엄마가 음식의 칼로리에 관해
한마디도 하지 않은 것이다.
내가 엄마 보라고 붙여 두는
기사들 때문인지도 모르겠다.

선물

크리스마스와 하누카를 기념해
카탈리나와 나는
서로에게 선물을 주었다.

카탈리나가 받은 선물을 먼저 뜯었다.
가죽 커버로 된 오선지 공책이었다.
카탈리나가 곡을 쓸 수 있는.

"이게 뭔지 도저히 짐작도 안 돼."
나는 이렇게 말하며
내가 받은 선물의 포장지를 벗겼다.
상자가 내 키보다 크고
너무 무겁기도 해서
하비에르가 우리 집까지 날라 주었다.

"소라도 한 마리 받았나 보네."
지나쳐 가던 오빠가 중얼거렸다.

"아닌데, 새 오빠인데요."
카탈리나가 큰 소리로 말했다.

"새 오빠를 선물 받으면 진짜 기적 같겠다."
내가 말했다.

"기적?
너희 오빠가 좀 오빠다워지는 게
진짜 기적 같은 일이겠지."
카탈리나가 돌아서더니 우리 오빠에게 말했다.

"노력이라도 좀 해 보세요, 가끔은."

하비에르가 말했다.
"에이, 리엄도 종종 잘해 줄 거야.
여동생이 너희처럼 재미난 애들이라는 게
얼마나 복 받은 일인지 리엄도 알걸."

자기가 그저 다정하니까
우리 오빠의 고약함은
짐작조차 못 하는 하비에르.

하비에르가 가고 나자 오빠가
내게 이상한 눈빛을 쐈다.
오빠가 카탈리나와 하비에르가 날 보듯이
나를 보는 날도 올까?
그 생각에 빠져 있다가
나는 선물 상자를 떨어뜨릴 뻔했다.

"조심해."
기울어진 상자를
카탈리나가 잡아 주었다.
"부서질 수도 있어."

정말로 부서졌다.

내 심장이.

펀칭 장식이 된 주석과

주황색, 파란색의 탈라베라 타일이 둘러진
멕시코 양식의 전신 거울을
나는 어루만졌다.

나를 보았다.
무척이나 오랜만에
내 전신을 보았다.

곱슬곱슬한 갈색 머리카락.
밀크초콜릿 빛깔 눈동자.
수영을 해서 살짝 탄 피부.
불그레한 뺨.
둥글고 부드러운 몸.

눈물을 참을 수 없었다.

아름다웠다.

그리고 내가 아름다웠다.

크리스마스의 선행

1년에 한 번
우리 가족이 모여서
진짜 가족처럼 행동하는 날이 있다.
교회 복지관 무료 급식소에서 자원봉사를 하는
크리스마스 날이다.

동이 난 쿠키를 더 가져오려고
식료품 창고로 향한 나는
모퉁이를 돌다가
복지관에 있는 적 3호를 발견했다.
녀석은 신발을 신어 보고 있었고,
치수가 잘 맞자
얼굴이 환해졌다.

녀석의 엄마가
바지 한 벌을 가리키는데
하필이면 내 쪽이었다.
나는 재빨리 모퉁이 뒤로 숨었다.
이번엔 내가 벽에 붙어서
배를 집어넣어서
공간을 만들어 줄 차례였다.
녀석이 여기서 옷가지를 얻어 간다는 걸
내가 모른 척할 수 있도록.
그래야 할 것 같았다.
이런 친절을 받을 자격이 없는 녀석일지라도.

새 출발

엄마의 퇴근이 늦어진 덕분에
아빠와 함께 마당 난로에서
마시멜로를 구워 먹었다.

마시멜로를 기다란 꼬챙이에 꽂아
불꽃 위로 들고 기다렸다가
까맣게 그을렸을 때
후후 불어 베어 물었다.
바삭하고 끈적하고, 또 달콤했다.

마당 탁자에
아빠가 읽고 있는 책이 놓여 있었다.
"이거 재미있어?"

"아주 재미있어."
아빠도 구운 마시멜로를 베어 물었고,
녹은 마시멜로가 흰 실처럼 늘어나
아빠 턱에 붙었다.
"읽어 보니, 여러 문화에
물건을 불태우는 의식이 있대.
놓아줄 것을 놓아주고
새 출발을 한다는 의미라네."

나도 놓아주고 싶은 것이 있었다.
새 출발을 하기 위해서.

"금방 올게."
나는 내 방에 갔다가 돌아왔다.

한 장 한 장이
재로 변해서
굴뚝으로 떠오를수록
내 기분은
점점 더
자유로워졌다.

뚱뚱한 여자아이의 규칙은
불을 때기에 참 좋다.
이제 알겠다.
오로지 거기에만
쓸모가 있다는 걸.

파악
완료

별것 아닌 것 같은 대화로
내 말문을 연 다음, 두둥!
사람 놀래는 질문을 던지는 것이
우드 선생님의 전략이다.
선생님 파악 완료.

연휴에 뭘 했느냐고
선생님이 물었다.

"여태 적어 온 뚱뚱한 여자아이의 규칙을
없애 버렸어요."
나는 쿠션을 집어 들었다가
배 앞에 올려놓았다가
재빨리 제자리에 돌려놓았다.

습관이란 참 고집스럽다.

"뚱뚱한 여자아이의 규칙……
따라선 안 될 규칙들이지."

"알죠, 알죠."

"그런데 왜
그걸 없애 버렸다고 하는
네 목소리가 조금은
슬프게 들렸을까?"

그 질문을 생각하다 보니

떠오르는 기억이 하나 있어
선생님에게 말해 주었다.

"퍼그 퍼레버 보호소에서
평생을 번식 공장의 우리에서만 살았던 개를
한 마리 구조한 적이 있어요.
제가 우리의 문을 열어 줘도
밖으로 나오지 않더라고요.
가끔은 우리 밖으로 한 발이나
머리를 내밀었다가도
다시 우리를 돌아보고는
되게 슬프고 좀 겁먹은 모습으로
제자리로 갔어요.
그 개는 우리 안에서 사는 법밖에 몰랐던 거예요.

그러다가 어느 날,
보호소에 다른 개 두 마리가
그 우리 안으로 밖으로 막 왔다 갔다 했어요.
자기들이 자유롭다는 걸,
너도 자유로워질 수 있다는 걸
보여 준 거예요.
그랬더니 우리 안에만 있던 개가
밖으로 뛰어나가서는
그 개 두 마리랑 같이 놀았어요.
아마도 때로는…… 갇혀 있는 게 어떤 건지 아는 사람만이
자유로워지는 방법을
가르쳐 줄 수 있는 것 같아요."

나
쁜
규
칙
지
워
버
리
기

우드 선생님과 내가 동의한 것은
내가 그 구조된 개와 무척 비슷하다는 것,
그리고 뚱뚱한 여자아이의 규칙에서
벗어나서 살아가도록
단계적인 노력을 해야겠다는 것이다.

그 단계 중 하나는
엄마의 규칙에서 벗어나는 것이었다.
"엄마는
늘 많은 규칙을 내세웠어요.
탄수화물은 나쁘다.
지방은 나쁘다.
간식은 나쁘다.
그래서 저는 늘
음식이 나쁘다고 느꼈고,
음식을 먹는 내가 나쁘다고 느꼈어요.
음식을 먹고 싶어 하거나
즐기거나
필요로 하는 내가
나쁜 애 같았어요."

선생님이 화이트보드로 걸어가
엄마의 그 규칙들을 모두 적은 뒤,
자리로 돌아와 앉았다.
"이제 네 차례야."

"선생님이 규칙을 이미 다 적으셨잖아요.
제가 뭘 해요?"

"그냥 생각해 봐.
생각나는 게 있을 거야."

나는 화이트보드 앞에 섰고,
길게 나열된
엄마의 규칙들을 읽었다.

그러고는 지우개를 집어서
하나
하나
모두를
지웠다.

고쳐야 하는 대상

엄마는 늘
새로운 의사를 찾아 헤맨다.
나를 고쳐 놓을 의사를 말이다.

엄마에게 나는
고쳐야 하는 대상이다.

어느 날 방과 후, 엄마가 나를
또 다른 의사에게로 데리고 간다고 했다.
쏟아지는 빗속에서 엄마는 차를 몰고,
나는 찬 유리창에 머리를 기댔다.
내 숨결에 뿌옇게 흐려진 유리창이
글을 쓸 종이가 되어 주었다.

엄마에게 마음속으로 얘기했다.
솔직히 내가 부끄럽다고 말해.
내가 역겹다고 말해.
내가 날씬해질 때까지는
날 사랑하지 않을 거라고 말해.

병원에 도착하자 나는
승합차 문을 쾅 닫으며 내렸고,
흐려진 유리창에
손가락으로 써 둔 글을
엄마가 읽길 바랐다.
그냥 솔직히 말해.

깜짝 계획

병원 진료실에 들어가자
의사가 우리에게
자기 앞 의자에 앉으라고 손짓했다.
인사도 제대로 하지 않은 그는
아동이 비만 수술을 받는 경우가
점점 늘어나고 있다고 말했다.

"점점 늘어나고 있군요.
살이 점점 늘어나듯이요?"
나는 가슴 앞에 팔짱을 꼈다.
내 손이 얼마나 떨리는지를
감추기 위해서.

의사가 어색하게 웃었다.
"이 자료를 참고하렴."
그가 폴더 하나를 책상에 놓고 쓱 밀었다.
책상 가장자리로
내 가까이로
플라스틱으로 된 위와 내장 모형 바로 옆으로.

일어날 수 없는 일이
일어나고 있었다.

"살을 빼고 유지하는 게
많이 어렵니?"
의사는 몸을 뒤로 젖히고
두 손을 머리 뒤에 받쳐 깍지를 꼈다.
그 남자의 와이셔츠 단추 사이가

뱃살 때문에 터질 듯 벌어졌다.

"선생님은요? 그러기가 어려우세요?"
그가 계속 내 배를 쳐다본 것처럼
나도 그의 배를 쳐다보았다.

"너한테 집중하자."
의사는 여러 종류의 수술 방법,
수술로 얻게 되는 위험과 부작용을 설명했다.
"한번 생각해 봐.
삶이 완전히 달라질 수도 있어."

아니면 삶이 완전히 끝날 수도 있고요.

의사가 그 폴더를 내게 더 가까이 밀었다.
내가 집어삼킬 음식인 것처럼.

"얘기 다 하셨어요?"

"음, 수술 전에 받아야 하는 검사가 있어."

"그러면 그 검사를 받고 나면
선생님이 제 살을 썰고 발라내서
'아브라카다브라' 하면
저는 완벽한 인생을 살아요?
아무런 문제도 안 겪어요?
드디어 우리 엄마가 날 사랑해요?"

이런, 내뱉어 버렸다.

나는 앞으로 움직여
의자 끝에 걸터앉은 채
의사의 답을 기다렸다.

그때 엄마가 말했다.
"엘리, 우린 그냥
널 고쳐 주려는 것뿐이야."
엄마가 내 어깨에 손을 얹었다.

그 말에 나는 더 참을 수가 없었다.

살에 가위를 대다

나는 플라스틱 위장 모형을 쓸어서
책상 아래로 떨어뜨려 버렸다.
나의 배, 미움받는 배.
사람들은 내게서 거기만을 중요하게 여긴다.
내 머리와 그 속의 생각은
내 마음과 그 속의 감정은
아무도 신경 쓰지 않는다.

"네, 해요!"
나는 두 손으로 책상을 내려쳤다.
"어디에다 서명할까요?
아, 생각해 보니까 굳이 기다릴 필요 있어요?"

나는 의사의 책상 정리함에서
가위를 집어 들었고
다른 물건들이 책상 아래로 후드득 떨어졌다.
나는 셔츠를 들어 올려서
내 살덩어리를 드러내고
가윗날을 댔다.

"엘리아나 엘리자베스!"
엄마가 벌떡 일어나서
내 손에서 가위를 빼앗았고,
의사는 바퀴 달린 의자를 굴려 뒤로 물러났다.

"당장 나가 주시지 않으면
경비를 부르겠습니다."

"정말요, 선생님?
저를 날─씬하게 만들고 싶지 않으세요?"

엄마가 나를 일으키려
한쪽 팔을 잡아당겼다.
내가 얼마나 무거운지 잊고 말이다.

나는 일어나서
옷과 머리를 가다듬었다.
"안녕히 계세요."
웃그림을 선사했다.

분노 운전

차를 타고 집으로 가는 길은
텍사스의 불개미 집을
밟았을 때처럼 즐거웠다.
우선은 빠르게 물어뜯기고 쏘였다.

"너 때문에 창피해서 내가 진짜!"
엄마가 타이어에서 끼익 소리가 나도록
거칠게 차를 뺐다.

"맞아, 엄마 기분이 제일 중요하지."
나는 말했다.
엄마는 차를 고속도로에 올리고,
술이 아니라 분노에 취한
미친 사람처럼
오락가락 차를 몰았다.

"왜 그렇게까지 과잉 반응을 하는 거야!"
엄마는 자꾸 끼어들기를 하고,
다른 차들과 빵빵거리기 경쟁을 했다.

"과잉 반응?
그 정도는 과소 반응이지.
자칫하면 죽을 수도 있는 수술을
자기 엄마가 계획했다는 걸 알게 됐는데."

"오버하지 좀 마.
그런 방법도 있다는 것뿐이잖아."

"조이 이모는 그 수술받다가
죽을 뻔했잖아."

"이모는 너보다 살이 더 쪄 있었어.
너보다 상태가 더 안 좋았다고."
"그러니까 엄마는
내가 수술대에서 죽거나 나중에
합병증으로 죽을 수 있는데도
그 수술을 시킬 만큼
내 꼴이 보기 싫은 거지?"

엄마가 길 대신 나를 보았다.
"너 보기 싫다고 한 적 없어."

"버스!"
내가 소리치며 앞을 가리켰다.
엄마가 방향을 획 꺾었다.

"넌 먹는 게 통제가 안 되잖아.
아까 병원에서도 통제가 안 됐고."

"엄마는 통제에 미친 사람이야.
부엌의 음식 수량을 일일이 확인하고,
내 옷도 안 사 주고,
살 빼라는 조건으로 이것저것 제약하고.
아, 엄마 문제점은 얘기하면 안 되나?
내 단점만 이야기해야 하나?"

불개미가 문 자국들은
붉게 부풀어 올랐다가
물집으로 변하고,
그래서 더 오래 아프다.
우리가 서로에게 한 말들도 그랬다.

차가 우리 집 마당으로 들어섰고,
엄마가 차를 세우자
우리 몸이 앞으로 확 흔들렸다.

엄마가 두 손을 들어 올리며 말했다.
"널 도와주려는 거야!"

"그래.
나를 '고치려는' 거 알아.
그런데 엄마,
난 고장 나지 않았어!
설사 내가 고장 났다고 해도
그건 엄마 때문에 고장 난 거야.
몸무게 때문이 아니라."

나는 차 문을 쾅 닫고
성큼성큼 집으로 들어갔다.

"워워!"
내가 대문을 쾅 닫고 들어서자 아빠는
마치 길들일 수 없는
사나운 말을 본 것처럼
로데오 진행자의 목소리로 말했다.
"왜 이렇게 화가 났을까?"

"모르는 척하지 마!"
나는 쿵쿵 계단을 올라갔다.

엄마가 대문을 쾅 닫고 들어왔다.
"이리 내려와, 엘리아나 엘리자베스!"
엄마는 한판 더 할 준비가 되어 있었다.

좋아, 해보자고.

"뒤통수쳐 줘서 고마워, 아빠!
그렇게 믿으라고 하더니
결국 이거야?"

"도대체 뭔 소리야?"
아빠가 나와 엄마를 번갈아 보았다.
"누구든 설명 좀 해 보라니까."

엄마가 움직임이 없었다.
조용했다.

그때

로데오 경기장에 방금 싼 말똥 냄새처럼
깨달음이 훅 밀려왔다.
아빠는 몰랐던 거다.
엄마가 나에게도 아빠에게도 말하지 않고
나를 그런 병원에 데려갔던 거다.

딱 걸렸군.

"도대체 어쩌려고 그랬어, 엄마?
아빠가 일 때문에 모처럼 집 비웠으니까
곧장 나를 병원에 데려가서,
낮에 비만 수술을 시키고,
저녁때 집에 데려다 놓으려 그랬어?"

아빠가 엄마를 보았고
엄마는 바닥만 보았다.
아빠는 말했다.
"우리 할아버지한테서 배운 거 하나는
사람이 눈을 못 마주친다는 건
뭔 일을 저질렀다는 뜻이라는 거야.
그것도 큰일을 저질렀다는 뜻."

엄마는 팔짱을 끼고
아빠의 상담실로 앞장섰다.
또각또각 구두 소리가 울렸다.

엄마를 따라 들어가던 아빠는 멈추어 섰고,
여전히 계단에서 굳어 있는

나를 올려다보았다.
"미안하다, 엘리.
정말 미안해."
아빠는 상담실 문을 쾅 닫았다.

그리고 두 사람의 가장 큰 말다툼이 시작되었다.

감정의 파도

"무슨 일 있었어?"
상체를 앞으로 내민 우드 선생님이
팔꿈치를 무릎에 괴고
두 손에 턱을 받쳤다.

"엄마가 절
비만 수술 하는 의사한테 데려갔어요."
나는 모든 일을 이야기했다.

"확실히 넌 이야기꾼이다.
있었던 일을 완벽히 묘사했어.
그런데 시인이기도 하잖아.
그러니까 어떤 '기분을 느꼈는지'를 말해 봐."

나는 고개를 저었다.
"제 감정을 마주하는 건 꼭
폭풍우 치는 바다에서 수영하는 것 같단 말이에요.
감정이라는 파도 하나를 받아들이면
다음 파도, 또 다음 파도가 계속 와서
물에 빠져 죽을 것 같아요."

"바로 그래서
다가오는 감정을
하나씩 마주하는 법을 배우는 거야.
한 번에 파도 하나만 마주하면 돼.
바다 전체가 아니라."

"어떤 파도 먼저요?"

"음, 너는 글을 잘 쓰니까
단어로 시작해 보자.
네가 느끼는 감정들을 단어로 다 말해 봐.
그중에서 골라 보자."
선생님이 두 팔을 벌렸다.
"뭐든 내뱉어 봐.
순서는 안 중요해."

나는 천천히 시작해 보았다.
내 몸을 가르고 여는 그 수술을
떠올렸다.
"무서워요."

엄미기 억지로 기올 앞에 세웠던 일을
떠올렸다.
"추해요."

이제 단어들이 마구 쏟아져 나왔다.
"수치스러워요.
민망해요.
화가 나요."

"잘하고 있어."
선생님이 필기하며 말했다.
"지금까지 말한 것 중 하나를 골라서
깊이 들어가 보자.
'화가 났다'고 했지?
그 느낌을 다른 말로도 표현해 줘."

나는 이를 악물었다. "열받아요."
목소리를 높였다. "분통이 터져요."
거세게 뱉어 냈다. "미칠 것 같아요."

나는 소파에서 벌떡 일어났다.
선생님이 자기 의자를 뒤로 밀어서
공간을 만들어 주었다.
내가 상담실 이쪽 끝에서 저쪽 끝으로
왔다 갔다 할 수 있도록.
마치 수영을 할 때처럼.

그
러
면
안
되
잖
아
요

마치 땅 위에서 헤엄치듯이
물 밖으로 나온 물고기인 듯이
나는 두 팔을 휘저었다.

"엄만 내가 무슨 괴물이라도 되는 것처럼
거기로 끌고 간 거예요.
의사가 배를 칼로 째고 열어서
내장을 다시 배치해서 붙일 거래요.
고작 이것 때문에요."
나는 배를 잡았다.
잡고 흔들었다.
"엄마라면 그러면 안 되잖아요!"

나는 소파로 쓰러졌다.
쿠션을 가슴에 꼭 안아서
배가 아니라
심장을 가렸다.

"엄마라면 그러면 안 되잖아요."
눈물이 흐르고,
나는 천천히 앞뒤로 몸을 흔들었다.
"날 사랑해야 하잖아요."
내 목소리는 속삭임이 되었다.
"그냥 사랑해야 하잖아요."

울음을 그치고 보니 쿠션이 젖어 있었다.
"쿠션 새로 하나 사 드려야 할 것 같은데요."

"걱정 마. 너희 어머니께 청구할게."
선생님이 윙크했다.
"너 많이 발전했다."

"그럼 이제 상담 안 와도 돼요?"
나는 신나는 강아지 흉내를 냈다.

"그러면 내가 보고 싶을걸!"

"솔직히, 맞아요.
저 여기 오는 거 좋아요.
정말 많이 도움이 됐어요.
많은 걸 알게 됐어요."

"그럼 이것도 알아줬으면 해.
세상 모든 의사가
네가 억지로 만난 그 의사 같지는 않다는 것.
네 맘에 드는 의사를 찾아봐.
선생님이 부모님께 설명드릴게.
네가 선택해야 한다는 걸.
부모가 명령해선 안 된다는 걸."

엄마가 명령할 수 없게 된다고?
그래, 이제 그럴 때도 됐다.

삼진아웃

나는 아빠와 함께
의사 후보 10명을 뽑았다.

그중 처음으로 예약한 병원에서
간호사는 내 몸무게를 재면서
혀를 쯧쯧 찼다.
나는 그대로 뒤돌아 병원을 나왔다.

두 번째로 예약한 병원에서는
간호사가 팔에 둘러 준 혈압 측정용 공기주머니가
배고픈 보아뱀처럼 세게 조여 와
피부가 터지고 멍이 드는 건 아닌가 싶었다.
내가 얼굴을 찌푸리자 간호사는 말했다.
"네 팔이 굵어 그런 걸 어쩌겠어."
나는 검사대에서 내려와 나가 버렸다.
아빠는 그 간호사가 서부 텍사스 선인장보다
더 뾰족하다고 했다.

세 번째 병원에서 만난 남자 의사는
그냥 내 배만 빤히 쳐다봤다.
설사 내 얼굴에 낙지가 감겨 있었다 해도
눈치채지 못했을 것이다.
나는 의사가 눈치채는지 확인하려고
엉덩이를 까 볼까도 생각했지만,
내 엉덩이는 무슨 죄인가 싶어 그러지 않았다.
그 병원을 나서면서 나는 문을 쾅 닫았다.

용서했어

세 번째 병원에서 나와서
나와 함께 차에 올라탄 아빠가
시동을 걸지 않았다.
울었다.

나는 근처 햄버거 가게의 주황색 네온사인에
최면이라도 걸린 것처럼
창밖만 보았다.
우는 아빠를 쳐다볼 수가 없었다.
보면 나도 울 테니까.

"정말 미안하다, 엘리.
엄마가 너를
이 병원 저 병원 데리고 다니면서
저런 대접을 받게 하는 줄 몰랐다.
아빠가 알아야 했는데 말이야."

"혹시 모르고 있다가 알게 되면
엄마랑 또 싸울 것 같아서
내가 말 안 했어."

"아빠 용서해 줄래?"

나는 용서했다.
하지만 미안하다고 해야 하는 사람은
엄마였다.

한 사이즈가 모두에게 맞지는 않아

의사는 옷과 같다.
한 사이즈가 모두에게 맞지는 않는다. 턱도 없지.
그래서 우린 의사를 더 만나 보기로 했다.

이 병원 대기실에는 보통 의자도,
아주 커다란 의자도 있었다.
다양한 체형의 사람들이 편히 앉을 수 있도록.

"몸무게 알려 줄까요?"
간호사가 내 몸무게를 재면서 물었다.
내게 선택권이 주어진 것이다.
힘이
권리가
주어진 것이다. 마침내.
나는 고개를 저었다.
"알았어요. 그러면 뒤로 한 걸음 가 보세요."

검사실에서 기다리면서,
아빠는 긴장을 풀려고
썰렁한 농담을 했다.

부드러운 노크가 들리고, 문이 열렸다.
"안녕? 네가 엘리구나."
들어온 여자 의사가 나와 눈을 맞추었다.
내 배를 빤히 보지 않았다.

다 좋다. 지금까지는.

**말
해
봐**

"다들 하는 말처럼
텍사스에 있는 건 뭐든 커.
대단한 장점이지.
게다가 날씨도 참 좋고."
선생님은 내가 소리 내어 묻지 않은
질문들에 답하고 있었다.
"나는 바스케스 박사야.
대부분은 브이 선생님이라고 부르지만."

브이 선생님은 마른 몸도 아니고
비만도 아니었다.

"오늘 무슨 일로 왔니, 엘리?"
선생님이 간이 의자에 앉았다.

나는 검사대에 앉은 채 다리를 흔들거리면서
적당한 말을 찾았다.

"말해 봐.
선생님이 도울 수 있게."

"의사 선생님을 찾고 있어요. 다만
'요즘 너 거울 봤니?'라거나
'그래도 너희 부모님은
몇 년 후 남자애들이 쫓아다닐 걱정은
안 해도 되겠다.' 같은 말을
하지 않는 의사요.
그리고 비만 수술 얘길 꺼내시면

나가 버릴 거예요."

나도 내가 울 줄 몰랐다.
브이 선생님이 티슈를 건넸다.

"그런 일들을 다 겪었다면
나라도 울었을 거야."

선생님은 검사를 진행하는 내내 이야기를 했다.
"내 진료를 받으러 오는 사람들을 보면
아픈 사람들의 체형도 다양하고
건강한 사람들의 체형도 다양해.
나도 날씬한 편은 아니지만
몸을 잘 관리해.
6개월마다 건강 검진을 받아.
최대한 몸에 좋은 음식을 먹고.
초콜릿만 빼고.
아니, 초콜릿 없이 인생이 무슨 의미야?
그릴 스테이크도 빼고.
아니, 텍사스 하면 그릴 스테이크니까 말이야.
그리고 헬스장은 안 다니지만
콘트라댄스는 춰. 그게 뭐냐하면, 음…….
집에 가면 검색해 봐."

브이 선생님은
다른 의사들의 행동을 대신 사과하고,
내가 매일 수영하는 것을 칭찬하고,
나를

사람으로 대했다.
문제가 아니라.

나는 브이 선생님에게서
6개월에 한 번씩 정기 검진을 받기로 한다.
아니, 선생님이 좋으니까 말이다.

엄마와의 좋은 시간

"잠깐 시간 돼?"
엄마가 방문 앞에 서서 물었다.
내가 된다고 대답하기도 전에
방 안으로 들어왔다.

이젠 뭘 하지?
나는 몸이 굳었지만
침대 위 교과서를 한쪽으로 밀어
엄마가 앉을 자리를 마련해 주었다.
하지만 기기는 꼼짝도 하지 않았다.
여긴 내 방인 만큼
기기의 방이기도 하다.

"아빠가 그러는데,
네 마음에 드는 의사를 찾았다며?"

"응."
나는 고개를 숙여
머리카락을 커튼처럼 드리우고 얼굴을 숨겼다.
누군가를 쳐다보지 않아도 되면
마음을 이야기하기가 더 쉬워진다.
"엄마가 나를
온갖 의사들한테 데려가는 게 싫었어."

엄마가 숨을 길게 들이쉬고는 한숨처럼 내뱉었다.
"그래, 그러지 말았어야 했어.
나쁜 방법이었어."

"정말 나빴어."
내가 덧붙였다.

"정신과 상담은 어떻게 되어 가?
선생님이 도움이 되니?"

나는 고개를 끄덕였다.

엄마가 손을 뻗어
내 얼굴에서 머리카락을 걷고,
한 손으로 살며시 내 턱을 잡아 들어 올렸다.
우리가 눈을 마주 보도록.
"그냥 네가 무탈하기를 바라.
엄마가 너한테 원한 건 그것뿐이야."

엄마가 나한테 원한 건
살을 빼는 것뿐인 줄 알았는데,
하고 생각만 했다.
소리 내어 말하면
모처럼 찾아온 이 순간을
날려 버릴지도 모르니까.
엄마가 내게 이렇게 다정했던 적이 마지막으로……
음……
언제였는지 모르겠다.

기분이 이상했다.
그래도 좋았다.

달리고 달려서

우리 집 대문 앞에 나타난 카탈리나가
너무 빨리 말하고
너무 많이 울어서
나는 잠깐 지나서야
카탈리나의 말을 이해할 수 있었다.

기기가 마당 밖으로 나가 버렸다는 말이었다.
카탈리나가 보는 앞에서
집 주변의 다람쥐를 쫓아 나갔다는 말.

"내가 뒤따라 달려갔더니
기기가 더 빨리 달렸어.
놀이라고 생각하는 것 같았어.
그래서 기기를 못 잡았어.
정말 미안해!"

나는 언니와 아빠를 불렀다.
카탈리나는 가족들을 동원했다.

우리는 조를 나누어서
동네를 샅샅이 뒤졌다.

카탈리나네 가족은 이웃집을 하나하나 방문했고
언니는 동네에 있는 모든 마당을 살폈다.
나는 아빠가 운전하는 트럭에 올라탔다.
창문을 내려 놓고
동네 곳곳을 빠짐없이 돌아다니며
기기를 불렀다.

내려서 수풀과 하수도를 들여다보고
쓰레기통 주변도 확인했다.

몇 시간 후
나는 소리 높여 외치는 것이 아니라
그저 울면서 애원했다.
"기기, 제발 집에 와."
기기가 사라졌는데,
나는 찾을 길을 몰랐다.

지친 불가사리

자정에 가까워졌을 때
우리는 수색을 포기했다.

"기기 꼭 찾을 거야."
잠자리로 가기 전,
아빠가 나를 꼭 안아 주며 말했다.
"그리고 내가 그 다람쥐 녀석을
수프로 만들어 버릴 테다."

내 기분을 달래려 하는 소리였지만,
아무 소용이 없었다.

잠이 오지 않았다.
밤새도록 나는
인터넷으로 찾은 모든
동물 보호소, 구조대, 동물 병원에
음성 메시지를 남기고 이메일을 썼다.
해가 떠오자 창밖을 뚫어지게 내다보았다.
혹여 2층에서 내려다보면
기기가 보일까 해서.
하지만 소용없었다.

나는 너무 피곤해 침대로 쓰러졌다.
몸을 웅크렸다.
지쳐서 몸을 말고 쉬는
불가사리가 되었다.

계획

그 문자를 받고
나는 꼿꼿이 일어나 앉았다.

너네 집 개 우리한테 있어.
너 혼자 와.

모르는 전화번호였지만
아는 주소였다.
날 괴롭힐 수만 있다면
아무 잘못 없는 개도 볼모로 삼는 사람이
하필이면 기기를 발견했다니.
참 운도 없다.

사람은 어쩌면 그토록
잔인할 수 있을까.
나는 결코 이해하지 못할 것이다.

이들은
내 삶을 계속 끔찍하게 만들 권리가 없다.
나는
이 상황을 멈추게 할 힘이 있다.
계획을 짰다.

볼모로 잡히다

쾅쾅 문을 두드리자
머리사가 나왔다.

"우리 개 내놔."
나는 말했다.
기기가 꿈틀거렸고,
나는 기기에게 팔을 뻗었다.

코트니가 나타나 막아섰다.
"그렇게 쉽게는 안 되지."

기기가 낑낑거렸다.
당황하고 겁먹은 탓에 열이 올랐는지
혀를 내밀고 헥헥거렸다.

"우리. 개. 내놓으라고."

"이런, 너 배고파서 화가 났구나."
머리사가 말했다.

"마침 우리한테
먹을 게 있으니 잠깐 기다려."
코트니는 이내
고래 모양의 케이크를 들고 돌아왔다.

머리사가 날카롭게 말했다.
"먹어.
너희 개를 돌려받고 싶으면

전부 다 먹어."

나는 기기를 보았다.
"괜찮아." 하고
기기를 안심시켰다.

머리사가 말했다.
"그래, 괜찮아, 기기.
첨벙이가 네 몸값을 치르기만 하면
아무 문제 없어.
네 가치가 얼마나 되는지 알아볼까?
어서 케이크 먹어.
이 고래 지방 덩어리야."

머리사가 몸줄로 기기를 홱 당겼다.
기기가 다리를 버둥거리고
역재채기를 했다.
"뭔 소리야?"
코트니가 물었다.
머리사가 어이없다는 듯 말했다.
"알 게 뭐야.
온갖 희한한 소리를 다 내.
꼭 첨벙이처럼.
먹어. 이 역겨운 고래야.
먹으라고!"

기기는 나에게서 눈을 떼지 않았다.
나를 믿었다.

내가 물을 믿듯, 기기는 나를 믿었다.

기기를 위해서라면 나는 무엇이든 할 수 있다.
코트니는 내 입 앞으로
케이크를 들이밀었다.

머리사는 기기를 던져 올렸다가
대충 붙잡아 안고는
휴대전화로
동영상을 찍기 시작했다.

"안 먹어."
나는 말했다.

"첨벙이가 안 먹는다는 소리도 하네."
머리사가 이렇게 말하고 웃었다.

"그리고 다시는
너희가 괴롭히는 걸
당하고만 있지 않을 거야.
너희가 나보다 나은 것 같지?
아니, 너흰 그냥 한심한 애들일 뿐이야.
고작 날 괴롭히자고 쏟은 그 노력을 봐.
이걸 계획하느라 쓴 시간,
그 케이크를 사느라 들인 돈."
나는 웃음을 내뱉고는 몸을 내밀었다.
"그런데 너희 얘기는 이만하자.
내 개 내놔."

계산 실수

그다음 일들은 너무 순식간에 일어났다.
코트니가 케이크를 더 가까이 들이민 순간
나는 케이크를 뒤집었고,
케이크는 코트니의 얼굴에 처박혔다.

크림 덩어리가 뚝뚝 흘러
코트니의 발에 떨어졌다.
코트니는 입과 코에서
케이크 덩어리를 떼어 냈다.
"이게 무슨 짓이야?!"

"나를 방어한 건데."
나는 머리사에게 다가섰다.
"다시 말하는데, 내 개 이리 내."

"누구 맘대로.
안됐지만 2 대 1이야.
우리가 이겨, 한심아."

"계산이 좀 잘못된 것 같은데."
갑자기 곁에 나타난 카탈리나가 말했다.
"2 대 2인 것 같거든."

"3 대 2야."
우리 언니가 나타나서 카탈리나와 팔짱을 꼈다.

"6 대 2야."
하비에르, 나탈리아, 이사벨라가 말했다.

기기는 집에 가는 길 내내
나에게 뽀뽀를 퍼부었다.

"걔네는 찍으려고 했던 영상을
못 찍었지만,
나는 상당히 재미있는 동영상을 건졌지.
이것 좀 봐."
카탈리나가 말했다.
케이크가 코트니의 얼굴에 뭉개지는
짧은 동영상이었다.
저절로 거꾸로 감겼다가
바로 재생되기를 반복했다.

SNS에 올리고픈
맘이 들었지만
그건 나를 방어하는 것이 아니라
머리사와 코트니를 공격하는 일이었다.

그래서 비브에게만 보냈다.
비브가 인디애나주에서
깔깔거리는 소리가
분명 여기까지 들리는 것 같았다.

전염병이라도 옮았을까 봐

기기를 동물 병원에 데려가야 한다고 아빠에게 말했다.
"머리사한테서 전염병이라도 옮았으면 어떡해."

수의사 선생님이 알려 주었다.
기기의 한쪽 눈이 조금 긁혔는데,
아마도 다람쥐를 쫓아
수풀을 기어 다니다 생긴 상처일 것이라고.
안약을 넣으면 낫는다고.
그러니까 기기의 몸은 무사했다.
기기의 마음은 무사하지 않았다.

내가 수영장에 들어오니
그토록 물을 싫어하는 기기가
곁에 오고 싶다고 찡찡거렸다.
나는 물에 몸을 띄웠고
기기는 그런 나의 배 위에 누웠다.
그 어느 때보다도 나를 믿으며.

죄책감이 들었다.

기기가 그런 일을 겪은 건
내가 뚱뚱하기 때문이었으니까.

아니, 그건 틀린 생각이다.
다른 생각으로 바꾸어 보자.

기기가 그런 일을 겪은 건
머리사와 코트니가 나쁜 아이들이기 때문이다.

잘
봐

방문을 등지고
침대에 앉아서
머리카락을 빗었다.
엉킨 머리카락의 뿌리 쪽이
자꾸 빗살에 걸려
나는 얼굴을 찌푸렸다.

"내가 도와줄게."
엄마가 내 곁에 앉았다.

나는 망설이며 빗을 건넸다.
엄마는 한 번에 한 부분씩 조심스럽게 빗었다.
머리카락을 세게 당기지 않으려 애썼다.
빗살이 두피를 어루만지고
나는 눈을 감았다.
긴장이 풀리고
몸이 편해지고
마음이 편해졌다.
엄마와 있을 때는 떠올리기 힘든 기분들이었다.

"네가 그렇게 힘든지 몰랐어, 엘리."

"의자 사건을 말했는데도?
포토샵 사건을 말했는데도?
어떻게 몰라, 엄마?
사람들이 날 어떻게 대하는지 알잖아.
심지어 엄마는 사람들이 그러는 게
내 탓이라고도 말했잖아.

그런 말은 잘못된 거야, 엄마.
그런데 더 잘못된 건
엄마가 날 대하는 방식이야.
가끔은 엄마가 세상에서 나를 제일 괴롭혀."

엄마가 고개를 숙였다.
"그래, 그동안 엄마가 너한테
안 좋은 말들을 했어.
전부터 나는 말보다는
글이 편했어.
그래서 아마 작가란 직업을 좋아하나 봐.
글로 쓰면
천천히 맞는 말을 찾고,
진심이 아닌 말은
거를 수 있으니까 말이야.
나는 늘 말재주가 없었어."

"그 부분은 동감이야."

엄마가 소리 내어 웃었다.
"너는 말을 참 잘해.
그래도 조심해.
말을 도구로 써야지,
무기로 쓰면 안 돼."

나는 벌떡 일어났다.
"말 잘했다, 엄마!"
나는 엄마 눈을 똑바로 보았다.

"엄마야말로 그걸 기억해야 해.
사람이 '저 뚱뚱한 것'이라고 불리면
기분이 어떤지 알아?"
나는 엄마에게로 몸을 내밀었다.
더 작은 소리로,
더 천천히 말했다.
"내가 물건도 아닌데!"

나는 뒤로 물러서서
불가사리처럼 몸을 펼쳤다.
최대한 나를 크게 만들었다.

"잘 봐, 엄마."
나는 빙그르르 돌았다.
한 바퀴.
두 바퀴.
세 바퀴.
"엄마한테는 내가 그런 존재야?
잘 봐,
이 뚱뚱한 것을!"

엄마가 두 손에 얼굴을 묻었다.
"미안해.
정말 미안해.
나쁜 말이었어.
어떤 사람이건
그렇게 불러선 안 되지.
말을 주워 담을 수

있으면 좋겠다.
정말이지, 너를 상처 주려고 한 적은 없어.
한 번도."

나는 지쳐서 그만 침대에
털썩 누웠다.
엄마의 말을 믿고 싶었지만
믿기지 않았다.

엄마가 나를 안으려 했지만
움찔
내가 물러났다.
상처가 아직 너무 깊었다.

엄마가 방문을 닫고 나가자
기기가 내 목에 몸을 바싹 붙여 누웠다.
우리는 깊은 잠에 빠져들었다.

기기에게 일어난 사건과
내가 머리사와 코트니에게 대처한 방식을
우드 선생님에게 모두 말했다.

"상대를 공격하지 않고
자신을 방어했구나.
잘했어!"

"또 있어요."
나는 엄마에게 맞선 일을,
엄마와 나눈 대화를 한 마디, 한 마디
그대로 말했다.

"이 뚱뚱한 것을 잘 봐."라고 했디는 부분에서
선생님은 필기를 멈추더니
안경 밑으로 손을 넣어
안경 코가 닿는 곳을 지그시 눌렀다.

"그때 갑자기
엄마가 나를 안으려고 했어요.
마치 꼭⋯⋯."

"이제 모든 게 괜찮아졌다는 듯이?"
선생님이 내 말을 대신 맺어 주었다.

나는 고개를 끄덕였다.
"기분이 좀 나아지긴 했지만
아직 전 괜찮지 않아요.

엄마한테 하고 싶은 말이
더 있는 것 같아요."

"그 부분이 해결되도록 노력해 보자."
선생님이 내게 공책을 한 권 주며
숙제를 내 주었다.
"그리고 엘리, 나는 네가 참 자랑스럽다."

이 말을 엄마가 해 줄 수만 있다면.

준비

"더는 못 참아."
카탈리나가 기타를 치다 말고
간이 의자에 쿵 내려놓더니,
수영장으로 뛰어들었다.
마치 '멈추시오' 하듯 한 손을 들었다.

수영장 끝에서 끝까지 헤엄치기만 하던 나는
멈추었다.

우린 수영장 물을 헤치고 서로 다가갔다.
"말해."

나는 모른 척하고 물었다.
"뭘 말해?"

"얼씨구,
내가 너를 모를까 봐?
너 분명 무슨 일 있잖아.
며칠 내내 거의 한마디도 안 하고.
내가 아무리 대화의 장인이라서
네가 할 말까지 다 할 수 있어도
이제는 지긋지긋해.
나 혼자만 말하는 거.
말 좀 해."

몇 분 동안
우리 둘 사이에 나는 소리라고는
수영장 계단 옆 내 수건 위에서 쿨쿨 자는

기기의 코 고는 소리뿐이었다.

"어라,
큰일인가 본데? 맞지?"
카탈리나가 헤엄쳐서 더 가까이 왔다.

나는 고개를 끄덕였다.
"상담사 선생님이 숙제를 내 줬어.
엄마한테 맞서서, 할 말을 하래."

"아이고야!"

"생각만 해도 싫어."

"그래도 해, 엘리.
넌 정말 해야 해.
솔직히 난
네가 여태 어떻게 참았는지 모르겠어."

"말을 해도 아무것도 안 바뀌면?
차라리 말 안 한 것보다 못하면?"

"그래도
말해서 도움이 되면?
상황이 좀 나아진다면?"

그렇게는 생각을 못 해 봤다.
"맞네."

"내 말은 항상 맞아."

이 과제가 생긴 후 처음으로
나는 웃었다.

"내가 어떻게 도우면 돼?"
카탈리나가 물었다.

"엄마한테 무슨 말을 할지 생각해야 해."

"나한테 연습해.
나를 너희 엄마라고 생각하고 말해 봐."

그래서 며칠 동안 그렇게 했다.
낮에 수영할 때는
카탈리나 앞에서 연습하고
밤에는 기기와 연습했다.
기기는 고개를 갸우뚱하며
내내 귀를 기울였다.

글로도 적어 보았다.
너무 긴장한 나머지
하고 싶은 말을 다 잊어버릴까 봐서.

약속한 날이 다가왔고,
나는 준비가 되어 있었다.

내 차례

오늘의 상담 시간에는
손님이 있었다.

우드 선생님이 평소에 없던 의자 두 개를
엄마 아빠에게 권하고
선생님의 앉을 의자는 내 곁으로 밀고 왔다.

"먼저 짚어 두자면,
두 분이 오늘 여기 계신 건
엘리가 청했기 때문이에요.
그리고 제가 여기 있는 건
엘리가 지금까지 겪고 들은 것들에서 느낀 기분을
두 분께 직접 말씀드릴 때
도움이 필요하다면,
제가 그 도움을 주기 위해서입니다."

엄마 아빠가 알았다고 고개를 끄덕였다.

"언제건 준비되었을 때
이야기를 시작하면 돼, 엘리."

큰 점도 찍어 가면서 적어 온
할 말 목록을
나는 접었다 폈다 했다.

그걸 내려다보다 깨달았다.
나는 마치 재판정에 서듯
내가 사랑받아야 하는 이유를

변론하려 했구나.
나는 그 목록을 쓰레기통에 던졌다.

손가락에
쿠션 가장자리의 수술을
감았다 풀었다 했다.

"나는 엄마가 나를
사랑하는 것 같지 않아."

엄마가 몸을 내밀고
뭔가 말하려 했다.
내가 엄마를 막았다.

"안 돼.
엄마는 지금까지 많이 말했잖아.
이제 내가 말할 차례야."

말의 무게

호흡을 조절했다.
선생님과 함께 연습한 대로.

"엄마, 난
내가 살이 빠지지 않는 한
엄마가 영영 날 사랑할 것 같지 않아.
엄마가 그럴 수 있을 것 같지 않아."

목이 메어 잠시 말이 나오지 않았고,
나는 휴지로 손을 뻗었다.

"한때는
엄마가 날 사랑해 주지 않는 한
나는 온전하지 못하다고 생각했어."

눈물이 흘러내렸다.
애써 눈을 깜박여서 참지도 않고,
숨기거나 닦아 버리려고 하지도 않았다.
서두르지 않았다.
그냥 느꼈다.
한 방울 한 방울 고스란히.

아픔이 함께 흘러가 버리는 것을 느꼈다.

눈물이 잦아들자
나는 선생님을 보았다.

"잘하고 있어, 엘리.

잠깐 쉬었다 할래?"

나는 고개를 저었다.
그리고 다시 시작했다.

"내 인생에는
나를 사랑하는 사람들이 있어.
그러니까 나는 괜찮을 거야."
나는 아빠를 보며 미소 지었다.
아빠가 손수건을 집어
눈가를 눌렀다.

나는 엄마에게 마지막 말을
또렷이 전달하려고
목을 가다듬었다.
"그리고 나 자신을 사랑하는 법을 배우고 있어.
몸에 붙은 살보다
마음에 붙은 엄마의 말이
더 무거웠어. 늘 그랬어."

나는 엄마에게 다가가
엄마가 내게 한 나쁜 말들로 가득한
공책을 내밀었다.

"이제 엄마가
그 무게를 지고 다닐 차례야."

엄마가 무너졌다.

방
학

재밌는 소식.
비브의 문자에
사진이 담겨 있었다.
비브의 머리카락이 햇살처럼 노랗고
그 위에 몇 줄기 주황색 햇살이 앉아 있었다.

비브가 또 문자를 보냈다.
나쁜 소식.
봄 방학 때 아빠랑 지내야 해.

하나 더.
좋은 소식.
그래서 널 만나러 갈 수 있지!

내가 답했다.
좋은 소식이 아닌데.

뭣이라?!

우주에서 제일 신나는 소식이잖아!

고래의 벽

비브 아빠네 집에
비브를 데리러 가는 길에
뭔가가 눈에 띄었다.
나는 운전을 하고 있던 언니에게
그쪽으로 되돌아가 달라고 했다.

늘 보는 것은
그 존재를 잊기도 한다.
혹등고래들이 그려진
댈러스 시내의 야외 벽화
'고래의 벽'처럼 말이다.

그 고래들을 올려다보니
내가 너무 조그맣게 느껴졌다.
고래들은
헤엄을 친다.
똑똑하다.
커다란 마음이 있다.
목소리가 있다.

고래라고 불리는 것이
늘 싫었다.
하지만 그 말은 사실
칭찬이다.

고래는 커다랗다.
경이로운 생명체다.
그리고 아름답다.

재미가 세 배

수영장에 첨벙 뛰어드는 것보다
더 좋은 것은?
수영장에 세 명이 첨벙 뛰어드는 것.

카탈리나의 다이빙은
창조성이 돋보여서
높은 점수를 주었다.
허공으로 몸을 던져 두 팔을 허우적거리니
갓 태어난 오리가
헛된 날갯짓을 하는 것 같았지만,
적어도 살기 위해
뭐라도 하는 것처럼 보여서 좋았다.
비브는 시작이 훌륭했지만
끌어안은 다리를 너무 빨리 놓아 버려
거의 수면에
배치기를 했다.

자랑하는 건 아니지만,
나는 끝내주게 잘했다.
완벽한 자세.

완벽한 첨벙.

불가사리처럼

내가 수영을 너무 많이 해서
나의 두 절친 비브와 카탈리나는
먼저 지쳤다.

내가 둘에게로 둥실둥실 떠갔고,
셋이 함께
하늘을,
천국의 바다를 보았다.

나는 비브와 카탈리나에게 말했다.
이제 불가사리처럼
몸을 펼 것이라고.
이제
숨기나
웅크리려고만 하지
않을 것이라고.

내가 나여서 자랑스럽다고.
세상의 한 공간을
당당히 차지할 것이라고.

나는
세상에 모습을 보이고,
눈에 띄고,
목소리 내고,
사람답게 대우받을
자격이 있다.

불가사리처럼 팔다리를 뻗어 본다.
이 세상은
우리
한 사람
한 사람
모두가 존재할 수 있을 만큼
넓다.

저자

리사 핍스

리사 핍스는 한때 언론상을 받은 기자였고, 지금은 공공 도서관 마케팅 부장이다. 데뷔작 『스타피시』로 2022 마이클 프린츠 아너상을 수상하였다. 강아지 중에 특히 퍼그를 좋아하며, 예술과 음악을 사랑한다. 현재는 인디애나주 코코모에 살고 있다.

역자

강나은

사람들의 수만큼, 아니 셀 수 없을 만큼이나 다양한 정답들 가운데 또 하나의 고유한 생각과 이야기를, 노래를 매번 기쁘게 전달할 수 있었으면 좋겠다. 옮긴 책으로 『호랑이를 덫에 가두면』, 『번개 소녀의 계산 실수』, 『소녀는 어떻게 어른이 되는가』, 『발칙한 예술가들』 등이 있다.

저자의 말

이 소설을 읽은 많은 사람들은 '이렇게 잔인한 말이나 행동을 하는 사람은 현실에 없을 거야. 이건 지어낸 이야기겠지.'라고 생각할 것입니다. 하지만 이 소설에서 엘리가 겪고 듣는 모든 말과 행동은 제가 어릴 때 직접 겪은 일들을 바탕으로 하였습니다. '뚱뚱한 여자아이의 규칙'은 실제로 존재합니다.

당신이 지금 괴롭힘을 당하고 있다면, 저는 그 아픔을 이해합니다. 그 상황이 나아지기를 바랍니다. 어떤 이유에서든, 당신은 그런 일을 당해도 마땅한 사람이 아닙니다.

지금도 많은 이들이 몸무게가 많이 나가는 사람들을 괴롭혀도 괜찮다고 생각합니다. 저는 이 책을 통해 그 사람들의 태도가 바뀌기를 바랍니다. 그리고 언젠가는 몸의 크기를 이유로 하는 괴롭힘을 비롯한 모든 괴롭힘이 사라지기를 희망합니다. 아직 그날이 오지는 않았지만, 기억하세요. 당신은 몸의 크기와 상관없이 사랑받을 만한 자격이, 귀한 한 명의 인간으로서 대우받을 자격이 있다는 것을요. 정말로 그러하니까요.

스타피시

초판 1쇄 발행 2022년 8월 24일
초판 4쇄 발행 2023년 10월 16일

지은이 리사 핍스 **옮긴이** 강나은
펴낸이 김영곤 **펴낸곳** (주)북이십일 아르테

융합1본부장 문영 **책임편집** 이신지
융합1팀 김미희 정유나 오경은 이해인 **디자인** 박숙희
아동마케팅영업본부장 변유경 **아동영업팀** 강경남 오은희 김규희 황성진 양슬기
아동마케팅1팀 김영남 황혜선 이규림 정성은 **아동마케팅2팀** 임동렬 이해림 최윤아 손용우
해외기획실 최연순 **제작** 이영민 권경민

출판등록 2000년 5월 6일 제406-2003-061호
주소 (우 10881) 경기도 파주시 문발동 회동길 201
대표전화 031-955-2100 **팩스** 031-955-2177

아르테는 (주)북이십일의 문학 브랜드입니다.

© 리사 핍스, 2021

ISBN 978-89-509-1141-6 43840